Ilse Frapan

Zwischen Elbe und Alster

Hamburger Novellen

fabula Verlag Hamburg

Frapan, Else: Zwischen Elbe und Alster. Hamburger Novellen. 2015
Neuauflage der Ausgabe von 1890
ISBN: 978-3-95855-217-3

Umschlaggestaltung: fabula Verlag Hamburg

Bibliografische Information der Deutschen Nationalbibliothek: Die Deutsche Nationalbibliothek verzeichnet diese Publikation in der Deutschen Nationalbibliografie; detaillierte bibliografische Daten sind im Internet über https://dnb.de abrufbar.

Der fabula Verlag Hamburg ist ein Imprint der Bedey & Thoms Media GmbH, Hermannstal 119k, 22119 Hamburg

---

fabula Verlag Hamburg, 2017
https://fabula-verlag-hamburg.de/
Gedruckt in Deutschland

Else Frapan

Zwischen Elbe und Alster

Hamburger Novellen

Inhalt

Altmodische Leute

Wenn die Pahlerbsen billig werden und ihr Geruch in der Luft schwebt, Karren voll Erdbeeren und Kirschen sich auf der Straße drängen, Gänge und Höfe voll Sonnennebel sind, und der Schattenstreif auf dem Trottoir so schmal wird, daß man nicht darin gehen kann, dann gibt es auf der langen Neustädter Neustraße kein kühleres Schlupfwinkelchen als den Käsehökerkeller von „Gebrüder Fritz und Johann Becker", wie die rote Firma auf weißem Grunde über der Treppe lautet. Zwar die schmalen, ausgehöhlten acht Sandsteinstufen hinunter schlängelt sich noch der dreiste Sonnenstrahl, guckt in die reinliche, schräg aufgestellte Tonne mit gelber Butter, gleitet mißachtend an den trockenen, weißen Bohnen und grauen Erbsen in ihren Säcken vorüber, um das Geschlecht der dickköpfigen Käse zu umtänzeln, und kitzelt noch zu guter Letzt den zusammengeduckten Herrn Sottje auf dem Binsenstuhl, den riesigen schwarzen Kater, an der Nase, so daß er die glatte gebogene Pfote vorhalten muß, um nicht beständig zu niesen, was seiner Gemütsruhe und Ehrbarkeit gleichermaßen zuwider. Aber Herrn Sottjes Nase bezeichnet die Grenze – weiter dringt die Sonne nie. Dahinter ist alles Kühle, Schatten, vergnügliche Dämmerung.

Und inmitten dieses Schattens, hinter dem weißgescheuerten Ladentisch mit der glänzenden Messingwage und den schmalen blanken Messern, zur Rechten einen großlöcherigen, safttröpfelnden Schweizerkäse, zur Linken einen rötlich durchwachsenen Speckrücken, als die zwei Pfeiler des Reiches, schimmern die freundlichen Gesichter der Gebrüder

Fritz und Johann Becker wie ein Paar vollwangiger Monde oder wie die regierenden Häupter dieser Welt des nahrhaften Überflusses und Wohlgeschmacks.

An diesem heißen Sonnabendmorgen war der runde Kopf des Herrn Fritz allein hinter der Tonbank sichtbar, und dieser hob sich hie und da von seiner Zeitung, um mit zusammengekniffenen Lidern ins Helle hinauszuspähen, wobei sich jedesmal seine fleischige Hand liebkosend über Herrn Sottjes Sammetfell legte und ihm den zarten Teil zwischen den Ohren verständnisvoll kraute.

Endlich kam jemand.

Eine große, schwerfällige Gestalt, so groß, daß es von unten aussah, als habe sie mit dem Versuch, sich durch den niederen Eingang durchzuzwängen, etwas Unmögliches unternommen, vollbrachte eben dies Wunder und tappte mit vorsichtig in die Schultern gezogenem Kopf die Treppe herunter und über den knirschenden Sand des Ladens.

Der rundliche Herr hinter dem Ladentisch legte scherzhaft die Hand an die leicht ergraute Schläfe und grüßte militärisch.

„Ah, sieh da, sieh da, Herr Johann Becker gehorsamer Diener," rief er munter.

Der jüngere Kompagnon, der genau aussah, wie seines Bruders Gesicht in einem Konkavspiegel in die Länge gezogen, reichte bedächtig die Hand über die Tonbank; sie begrüßten sich wie nach langer Trennung; Johann war eine halbe Stunde weg gewesen.

Er trocknete sich die Stirn und öffnete mit spitzen Fingern eine große Papiertüte, die er auf dem Arme trug, und die den Blumenstrauß enthielt, den er für seine Zwillingsschwester vom Hopfenmarkt geholt hatte, wie er und sie das seit Jahren an jedem Sonnabendmorgen gewohnt waren.

„Schöne Heliotropen, nicht Fritz? Aber was die rote Glocke hier ist, mit den braunen Adern, die kenn ich nicht. Vielleicht kennt unser Hannchen sie. Ist sie drinnen?" Er deutete auf die kleine gelbe Tür hinten, die in die Ladenstube führte.

„Nee, Hannchen ist oben und Rike auch. Ich hatte ihnen schon gesagt, sie sollten doch runter kommen bei der Hitze, denn" – er zog die Stirn in feierliche Querfalten und hob den Zeigefinger „ein Keller ist warm im Winter und kühl im Sommer! Aber es gung nicht wegen der Aalsuppe." Er schnalzte ein bißchen mit der Zunge und fügte mit dem Ausdruck gründlicher Kennerschaft hinzu: „Aalsupp is wat goods."

Johann schmunzelte und nickte. „Na, denn – ich komm' gleich wieder."

„Grüß' die Fräuleins," rief der andre ihm nach, „und sie möchten sich die Zeit nicht lang werden lassen und die Klöße nicht so hart wie voriges Mal, und sag Rike, das Gespenst der Rothenburg wäre nun doch ganz zum Vorschein gekommen, und ich hätte es nach den Nummern gelegt."

Und dann reichte Fritz dem Herrn Sottje eine Scheibe gekochter Mettwurst, denn Johann hatte vergessen, ihn zu streicheln, und solche Vernachlässigung brauchte sich kein Kater in der Beckerschen Familie gefallen zu lassen.

Johann hielt mit heimlichem Lächeln die Türklingel der gemeinschaftlichen Wohnung im ersten Stockwerk fest und kam, leise auftretend, ungehört und ungesehen, an der Küche vorüber und in das kleine Wohnzimmer, das mit seinen buntblumigen Vorhängen, dem hohen Tritt vor den Fenstern und den lederbezogenen Armstühlen wie ein Stückchen vorigen Jahrhunderts aussah. Die rotbemalte chinesische Kumme stand schon zurecht auf dem zierlich eingelegten Nähtisch; das war der angestammte Platz für den Blumenstrauß, und Johann ging gleich daran, ihn zu ordnen; er wußte ja, wie Hannchen es am liebsten hatte: die Rosen in der Mitte und die schlanken Fuchsienzweige über den Rand gehängt.

Er war aber kaum halb fertig, als die Tür aufging und Hannchen, die nur einen Faden hatte holen wollen zum Zusammenbinden der Suppenkräuter, mit einem Freudenschrei auf ihn zulief:

„Mein Johann bist du denn hier?“

Ein bißchen verlegen, daß er hier überrascht worden war bei der Überraschung, ließ sich Johann küssen und streicheln und in den Arm nehmen. Die Schwester war fast ebenso groß wie er, mit dem gleichen langen Gesicht und stillen grauen Augen, und mit demselben Ausdruck heiteren Friedens, wie man ihn sonst nur bei weltunkundigen Kindern oder bei weltüberwindenden Greisen findet.

Inzwischen hatte Schwester Rike sich doch wundern müssen, daß Schwester Hannchen nicht wiederkam. Klein und stämmig, in einem lila Hauskleid, das ihr nur bis an die Knöchel reichte und in breiter weißer Küchenschürze erschien sie gleichfalls an der Tür und drohte den in die Blumen Vertieften mit dem blanken Schaumlöffel. „Hört mal, Kinder, das ist keine Manier,“ fing sie an. Sie nannte die beiden immer Kinder, denn sie war Fritzens Zwillingsschwester und zehn Jahre älter als das andre Paar.

Sie unterbrach ihre Rede, um nach dem Fenster hinzuhorchen. Draußen spielte eine Drehorgel. Der schwache Anflug von Strenge war aus ihrem hellen rotbackigen Antlitz verschwunden. „Hört doch mal, Kinder, ist das nicht aus ‚Martha‘?“ Und dann fing sie mit hoher Stimme an zu singen: „Ach so-o-o lieb, a-ach so-o traut –,“ bis ein heftiges Zischen aus der Küche und ein starker Duft nach überkochendem gewürzten Essig sie mit einem erschrockenen Kreischen hinauskugeln machte.

Die jüngeren Zwillinge folgten, um mit zu klagen, wenn ein Unglück geschehen wäre. Aber es war noch alles gut gegangen, und Johann begab sich wieder an sein Verkaufsgeschäft im kühlen Keller. Die Aalsuppe sollte sie in zwei Stunden alle vereinigen, und wo ist das hamburgische Gemüt, das die belebende fröhliche Spannung nicht nachzufühlen imstande wäre, welche diese Aussicht über die Beckerschen Zwillinge verbreitete Frische Birnen zwar gab es noch nicht, aber Fritz hatte eine vorzügliche Sorte Backbirnen aufgetrieben, und die Aale waren von einer staunenswerten Dicke gewesen.

Aber die gute Mahlzeit in dem wohnlichen Stübchen mit den Blumen in der chinesischen Kumme, die so gestellt werden mußten, daß Hannchen sie während des Mittagessens sehen konnte, ward durch zwei Dinge gestört. Fritz hatte sich durch den weichen Hausschuh einen Nagel in den Fuß getreten, und nun drückte der Stiefel an der wunden Sohle, so daß er kaum gehen konnte. Und das kam heute besonders ungelegen, denn er hatte sich für diesen Nachmittag eine kleine unaufschiebbare Geschäftsreise vorgesetzt; Klas Ohm in Curslak hatte weder die bestellten Schinken noch irgend eine Nachricht geschickt, warum sie nicht kamen, und doch wollte jetzt alles Pahlerbsen und Schinken essen, wie es die Jahreszeit verlangte.

Der zweite Störenfried war Dickelitje. Dickelitje war schon wieder fort. Alle Augenblicke legte Rike den Löffel hin und horchte hinaus: da irgend wo hatte doch ein Hund gebellt? Dickelitje war ein rechter Sorgenpudel, immer bedacht, sein von Natur schneeweißes Lockenfell in die schmutzigsten Pfützen zu stippen, immer unpünktlich bei Tisch und in Gefahr, auf der Straße eingefangen zu werden – denn er haßte den Maulkorb und streifte ihn täglich von sich – übrigens aber ein Hund von unwiderstehlicher Liebenswürdigkeit und Klugheit. Herr Sottje – er hörte nicht, wenn man das „Herr“ wegließ – war der einzige in der Familie, der es sich heute von Herzen schmecken ließ. Ja, er zeigte sogar eine gewisse neidische Gefräßigkeit, als sei es ihm Prinzipiensache, dem leichtfertigen Pudel keine einzige Gräte übrig zu lassen. Herr Sottje war ein zäher Hausphilister und tat keinen unnötigen Schritt auf die Straße hinaus.

Kaum halb geleert ward die Terrine fortgetragen, und Fritz humpelte vorsichtig und kümmerlich auf und ab, um zu sehen, was er leisten könne. Johann hatte dem Kopfschütteln und Gesichterschneiden eine Weile nachdenklich zugesehen; nun stand er auf und sagte in seiner gelassenen Art:

„Dann ist es wohl am besten, ich geh nach Curslak, Fritz." Der ältere Bruder hielt den schmerzenden Fuß hoch vor Verwunderung. Johann besorgte diese auswärtigen Geschäfte niemals – konnte man sie dem Jungen anvertrauen? Er zwinkerte so über die große Gestalt hin und meinte endlich: „Ja, glaubst du, daß du damit fertig wirst? Wenn du meinst, wär es wohl gut, denn die Sache ist dringend." Er humpelte noch einmal durchs Zimmer und blieb dann wieder vor dem Bruder stehen. „Die Geschichte ist ich hätte gleich 'n Stückener sechs mitgebracht! Je! Vielleicht könnt'st das auch. Sieh aber zu, daß die Knochen nicht zu stark ins Gewicht fallen und frag, ob sie gehörig durchgeräuchert sind, daß wir kein Malör damit haben bei der Hitze. Weißt ja, wo das Dampfboot abfährt. Und sieh zu, daß du um acht heut abend wieder zu Haus bist."

Johann ging, und Hannchen winkte ihm aus dem Fenster mit dem Taschentuche nach, als könne sie ihm Kühlung zufächeln; es war erstickend heiß und fast windstill. Nur zuweilen kam so ein niedriges Kräuseln in den Straßenstaub und ließ Papier und dürre Halme auffliegen und herumtanzen. Die Sonne verschwand von Zeit zu Zeit hinter leichten weißen Schäfchen, der Himmel war rötlichblau wie von versteckten Gluten.

„Der arme Jung wird heute was ausstehn," sagte Hannchen bedauernd, „und wenn er nur kein kaltes Bier trinkt! Du hast ihn nicht gewarnt, und ich auch nicht! ach, Rike, ich denk auch an nichts!"

Aber Rike meinte, der Jung sei doch sechsunddreißig, er werde schon vorsichtig sein, sie könne ihn auch nicht immer am Schürzenband anbinden, sie habe genug Sorge mit Dickelitje. Dieser Leichtfuß war soeben eingetroffen und sofort in die Waschbalje gesteckt worden. Trotz des heißen Wetters, das alles Wasser auftrank, hatte er eine Pfütze aufgefunden und sich darin gewälzt. Dafür mußte er nun zitternd und hohläugig im Seifenwasser sitzen, bis Rike es für gut erachtete, ihn in ihr schwarz und graues Umschlagetuch zu wickeln, mit geringer Rücksicht auf die Beweglichkeit seiner Beine. So, als feuchtes Paket, ward er dann mit in die Kellerstube genommen, wo Fritz und „das Gespenst der Rothenburg" auf die Schwestern wartete. Das Gespenst hatte gleich andren verwandten Geistern mit dem Einwickelpapier seinen Weg zu den Zwillingen gefunden; das war eine billige und abwechslungsreiche Bibliothek. Allerdings gab es hie und da eine bröckelhafte Lektüre, die Fortsetzungen fanden sich selten vollzählig in dem Käsekeller ein; aber die Leser erkannten zu ihrer eigenen Verwunderung, daß die meisten Geschichten viel reizender seien, wenn man sie in der Mitte anfange; es gab dann viel mehr zu raten und zu ergänzen. Auch der oft fehlende Schluß machte ihnen keinen Kummer, sondern versetzte ihre Phantasie in angenehme Schwingung, und da der Geschmack der Zwillingspaare sehr auseinanderging, so konnte nun jeder die Geschichte auf seine Lieblingsart beenden. Hannchen liebte die traurigen Schlüsse, die Romane voll unglücklicher Liebe, edelmütiger Entsagung, heldenhaftem Opfertode. Bei Rike mußten sich alle Paare kriegen, alle Helden nicht wirklich sterben, sondern nur scheintot sein und zu gelegener Zeit wieder aufstehen, um ihre Hochzeit zu feiern, und Fritz verlangte ganz dasselbe. Traurige Geschichten machten ihn verdrießlich, und er hatte gewöhnlich keine Zeit, sie zu Ende zu hören; auch fuhr er oft mit Bemerkungen dazwischen, wie: „Mich soll wundern, ob sich das Wetter hält, denn kriegen wir früh Bückel dies Jahr." Oder: „Was der Russe is, der macht sich'n büschen gar zu mausig und wenn ich der Türk wär", ein Beweis, wie Rike behauptete, daß er „wohl gar nicht recht mit den Gedanken bei der Vorlesung sei!" Denn Rike las vor; sie hatte ein helles deutliches Organ dazu und besaß nur für die Liebesszenen nicht die nötige Zartheit, wie Hannchen empfand. Hannchen las diese Stellen deshalb für sich noch einmal, und da fand sich dann oft, daß Rike große Stücke überschlagen hatte. Heute aber ließ sie kein Wort aus und schwelgte in dem Grauen der Gespensterwelt. Kunden kamen nur wenige; das Hauptgedränge begann erst gegen sieben Uhr, und Fritz fühlte schon solch eine Erleichterung an seinem Fuß, daß er ganz eifrig aus- und einhinkte. Die Schwestern gingen niemals mit in den Laden; die Brüder litten es nicht, weil es kalte Füße gebe und das Handhaben der schweren langen Messer keine Frauenarbeit sei.

So war es also ein gemütlicher Nachmittag, wie die Beckers deren dreihundertfünfundsechzig im Jahre hatten, nur daß es Hannchen bei den schönsten Stellen immer auf die Lippen kam: „Wenn doch auch Johann hier wäre!" Sie waren es eben so gar nicht gewohnt, daß Eins von ihnen fehlte, und Johann ging am wenigsten aus.

„Ist es nicht 'mal merkwürdig früh dunkel geworden?" sagte Rike, als sie zum vierten Male ihre Lesebrille putzte. Es rollte und rasselte in der Ferne; war es ein schwerbeladener Wagen, der die Kellerfenster zittern machte? Nein, es mußte ein ferner Donner sein.

„Da kommt was Ordentliches heute," meinte Fritz, der zum Fenster gehinkt war, „der Himmel sieht aus wie'n Topf voll Buchweizengrütze".

„Und Johann hat keinen Schirm," Hannchen sah den Bruder ganz erschrocken und beinahe vorwurfsvoll an. „Der arme Jung! wie soll er denn über die Elbe kommen?"

Rike war auf die Straße geeilt; nun kam sie wieder, die kurzen Röcke unterm Arm. „Kinder! Kinder! es sind drei Gewitter! drei auf'n mal! Und es regnet auch schon! ach, wär bloß der Jung erst hier."

„Nu is er noch unter Dach! es is ja knapp halb sieben. Hannchen, geh man lieber vom Fenster weg, das dolle Blitzen is schädlich für die Augen, und er kann ja doch noch nich kommen", beruhigte Fritz.

Aber Hannchen hatte keine Ruhe mehr, sie ängstigte sich leicht, und dies war doch eine richtige Gelegenheit. Sie seufzte, so oft es donnerte, sah bald nach der Tür, bald nach dem Fenster, und das Nähzeug flog in ihren bebenden Händen. Ein Unwetter auf freiem Felde oder gar auf dem Wasser, das ist ein Abenteuer!

Hier unten in der Beckerschen Kellerstube war es nur ein Platschen aus allen Traufen, ein Rauschen des Rinnsteins, der breit wie ein lehmfarbener Bach dahinschoß, eine flüchtige, fahlblaue Helle, und ein Fensterklirren, wenn die Donner über das Haus rollten. Man saß nur gar zu sicher und geborgen, zumal nachdem die Schaufenster, die so viel tiefer lagen als das Trottoir, durch die vorgesetzten Läden geschützt worden waren. Man hatte vollauf Zeit zu sorgenvollen Vermutungen, zu aufgeregtem Horchen nach Johanns Schritten.

Um acht Uhr deckte Rike zum Abendbrot, aber Hannchen konnte mit ihrem Rundstück gar nicht fertig werden, und auch den zwei älteren Geschwistern quoll der Bissen im Munde, als es halb neun schlug und kein Bruder Johann hereintrat.

„Kinder," sagte Rike zuletzt, nach rechts und links eine Hand ausstreckend, „ich bitt euch, seid nicht so bange! Mein Fritz, iß doch noch'n büschen, mein Hannchen, du kannst ihn ja doch nicht herkucken! Ich hol dir'n Teller kalte Aalsuppe, Fritz, du hast heut mittag man so genibbelt. Weißt Hannchen, der Jung ist ja klug genug, der wird sich doch nicht gerade hinstellen, wo das am dollsten blitzt? – Herrjes, es fängt wieder an."

Die Fenster schütterten, als bebe die Erde.

Hannchen hielt mühsam einen Schrei zurück. „Wir stehen alle in Gottes Hand!" seufzte Rike mit ängstlichem Blick auf die Schwester.

„Wär ich das man," sagte Fritz kopfschüttelnd, „mich reut das schon so! ich weiß da besser mit umzugehen".

Rike legte ihm den Arm um die Taille. „Ach, mein Jung, wenn ihr nu beide weg wärt!"

„Na, denn hol uns man die Aalsuppe," sagte Fritz gerührt, „aber allein eß ich nicht, das wißt ihr ja".

Er mußte aber doch allein essen; Rike hatte nach ein paar Löffeln voll genug, und Hannchen hielt den ihren ganz leer und nur dem Bruder zuliebe in der Hand. Sobald Fritz sie ansah, lächelte sie, aber man merkte wohl, daß ihr das Weinen näher stand. Fritz indes hatte sich an seinem Lieblingsgerichte mutig gegessen und mit dem letzten halben Kloß im Munde stand er auf.

„Mal sehn, wie's draußen aussieht."

„Hör Hannchen", sagte Rike, ihm nachblickend, während sie die Teller zusammenräumte, „Fritz ängstigt sich so, weil Johann doch seinetwegen gegangen ist mußt ihm nicht so zeigen, daß du auch so Angst hast, hörst, meine gute Deern?"

Hannchen nickte traurig. Die Ladenuhr schnurrte halb zehn; ein greller Blitz zuckte durch das Stübchen, und Herr Sottje sprang mit gesträubten Haaren und funkelnden Augen von seinem Stuhle am Fenster herunter und Rike auf die Schulter.

„Mal sehn, wo Fritz bleibt!" murmelte Hannchen und huschte hinaus. Kaum war sie fort, so kam Fritz wieder, trat dicht auf die ältere Schwester zu und sagte in beklommenem Tone: „Hör mal, Rike, ich weiß nich, was ich denken soll."

Rike zitterte am ganzen Leibe.

„Ach, Fritz," sagte sie bittend, „Hannchen ängstigt sich so – weißt, sie is ja man zart; mußt ihr bloß nich so zeigen, daß du auch Angst hast, hörst, mein Fritz?" Sie setzte ihm hastig den wilderregten Kater auf den Arm und lief der Schwester nach.

Nun saß Fritz allein, horchte auf den Regen, der die Kellertreppe heruntergoß und auf die kleine grüne Gittertür, die auf und zuschlug und durch Sturm und Nacht mit der rollenden Klingel klimperte; „wie das Glöcklein des Eremiten," sagte Rike. Ihm ward bange nach den Schwestern. Da kam wieder Hannchen hereingetappt, naß und schaudernd von dem plötzlich erkalteten Luftzuge.

Fritz ergriff kummervoll ihre Hand. „Ach, Hannchen, meine kleine Deern, mußt Rike nich so ängstlich machen, weißt, sie hat ja erst vorigen Winter die Rose gehabt, und seitdem is sie doch 'n büschen nervös, gar nich wie früher."

„Ja, Fritz, das wollt ich dir auch schon sagen, wollen es uns nicht so merken lassen," murmelte Hannchen mit Tränen in der Stimme, „ich will mal sehen, wo sie ist".

Rike hatte Licht in der Küche oben und klapperte mit dem Teekessel an der Wasserleitung. „Hannchen, bist du da?" rief sie der Schwester entgegen.

Hannchen wischte sich die Augen: „Der arme Fritz ängstigt sich so," schluchzte sie.

„Ach was, er wird ja woll kommen!" Rike gab ihrer Stimme gewaltsam Festigkeit; „aber du bist ja durchnaß, wo bist du denn gewesen?"

„Nur bis zum Großneumarkt."

Rike schlug die Hände zusammen. „Wie du gehst und stehst? ohne Hut? in den dünnen Schuhen? Ach, nee Kind, nimm mir das nich übel, aber was zu bunt is, is zu bunt." Rike machte Miene, vor Zorn zu weinen.

„Hast wieder Feuer gemacht?" fragte Hannchen und ließ sich das nasse Kleid abziehen.

„Ja, daß er doch wenigstens 'n Glas Grog oder Glühwein kriegt, wenn er kommt – aber nu sitzt Fritz so allein und ängstigt sich" – –

Ein langsamer Schritt kam vom Keller herauf, und Fritzens Stimme rief: „Kinder, Kinder, wo bleibt ihr denn? Und Dickelitje ist auch wieder weggelaufen."

Neues Wehklagen der beiden Schwestern.

„Ich denk, ich geh mal nach 'm Hafen," meinte Fritz – „es is nämlich – ich hör da eben von unserm Nachbar Krull, daß abends gar kein Dampfboot geht –"

Einen Augenblick sahen sich alle Drei verdutzt an, dann fand Rike, das sei – eigentlich beruhigend. „Denn bleibt er woll die Nacht in Vierlanden."

„Das tut er nicht, das tut er nicht," rief Hannchen.

Fritz kratzte sich zerstreut im Barte. „Ich glaub es auch kaum," sagte er langsam, „aber denn – denn is es doch ängstlich –"

Hannchen starrte ihn mit weit aufgerissenen Augen an: „Wie soll er denn über die Elbe kommen?"

„Hm, hm, hm," machte Fritz und drehte sein Gesicht weg – „will doch lieber mal nach 'm Hafen gehn, hört ihr?"

Hannchen war, ganz schwach in den Gliedern, auf einen Stuhl gefallen; sie verstand, wie Fritz ihrer Schwester zuflüsterte: „Wenn er man nicht in 'n offnen Boot" – sie sah noch, wie Rike ihm die Hand auf den Mund drückte, dann drehte sich die Stube um sie, und alles ward weiß und öde vor ihren Augen, und sie hörte nichts mehr. –

Sie erwachte an einem lauten Gemurmel und fand sich verwundert in ihrem Bette liegen; aber sie war in vollen Kleidern, nur ohne Schuhe. Es war dunkel in der Kammer, bis auf einen rötlichen Lichtstreifen, der durch die angelehnte Tür fiel. Als sie sich aufrichtete, fühlte sie neben sich auf dem Kopfkissen einen zottigen Klumpen, und plötzlich fuhr ihr eine feuchtheiße Liebkosung über die tastenden Hände. Ach, der gute Pudel! Wie heftig sie ihn an sich preßte! Denn mit dem Erwachen war auch die Angst wieder da und drückte ihr wie ein Steinblock auf der Brust den Atem weg. Was gab es da drinnen? Eine fremde Stimme? Sie bemeisterte ihre Schwäche und stand mit zwei unhörbaren Schritten, blaß wie ein Geist und ohne recht zu sehen, auf der Schwelle des hellen Wohnzimmers.

Es war voller Menschen, so schien es ihr, und sie schrieen auf und sprangen ihr entgegen, und Rike sagte: „Gott sei Dank, sie hat ausgeschlafen," und zwei treue starke Arme legten sich um ihre Schultern und führten sie zu einem Stuhle, und es war Johanns Stimme, die ihr freundlich verlegen zuflüsterte: „Ja, Hannchen, nu schilt man nich, wir sind rübergerudert."

Da stand er, heil und gesund.

Sie weinte still vor Freude und hielt seine Hand fest, als wolle er gleich wieder fort.

„Wärst lieber morgen früh mit dem Dampfboot gekommen!" sagte Fritz.

„Ich sollt ja um acht wieder zu Haus sein," lächelte Johann – „nee, bis morgen früh zu warten, das wollt ich euch nicht zumuten; wir setzten uns also in ne Jolle, der Herr da und ich" – –

Hannchen blickte auf und in ein unbekanntes Gesicht; sie hatte bis dahin nur Johann gesehen. Der Fremde schien sie aufmerksam zu betrachten.

„Herr Tewes, Hannchen," sagte Rike vorstellend.

Hannchen blickte errötend nach ihren Füßen, die ohne Schuhe waren, aber der Kleidersaum verdeckte sie; dann sah sie den Fremden noch einmal an und fand, daß er recht hübsch und freundlich ausschaue mit seinem graugemischten Haar über den lebhaften dunklen Augen und der militärisch aufrechten Haltung.

„Und Sie waren zusammen im Boot?" fragte sie, zwischen ihm und Johann hin- und herblickend.

„Es hätte schief gehen können!" warf Fritz ein.

„Und es jing auch schief, nämlich die Jondel," lachte der Fremde, „denn wir hatten janz und jar nich auf diesen Sturm jerechnet. Und wie denn das nachher passierte mit das Umschlagen, und man is denn eben wieder rufjekrabbelt, und ick sehe ihm da sitzen in seine nasse Montur, halt, denk ick, der greift sick 'n Rheumatismus, denn wer mal selbst eenen jehabt hat, der weiß ja, wie so wat kommt, un Herr – Becker, sag ick –"

„Du bist also wirklich ins Wasser gefallen?" unterbrach Hannchen zitternd.

„Ja, das ist Herrn Tewes Rock," sagte Johann und schlug die zwei langen Rockschöße über den Knieen zusammen; „er wollt es durchaus haben, ich wäre sonst schon 'ne Stunde hier."

„Wenn ick meinen Nebenmenschen vor eine Krankheit bewahren kann, werde ick das nicht jern tun? Und auf juten Sitz kommt es des Abends so jejen Zwölfe auch nich jroß an, was, meine Damen?" Er trank einen Schluck Grog aus dem vor ihm stehenden Glase, sagte: „Ausjezeichnete Mischung!" und blickte vergnügt auf die gerührten Gesichter rundum.

„Also bei der Landungsbrücke schlug die Jolle um?" fragte Fritz.

„Bei der St. Paulianer Landungsbrücke. Nich der Rede wert," fuhr Herr Tewes auf einen Wink von Johann fort.

„Und da haben Sie meinen Bruder gerettet?" lispelte Hannchen mit gefalteten Händen.

Wieder winkte ihm Johann, und etwas leichthin sagte Tewes: „Ja, wir haben uns denn so wieder ufjehüst – Sie wissen woll, in solch einen Moment" –

Hannchen zitterte über und über. Sie erhob sich schnell, ging um den Tisch herum und streckte dem Überraschten, aber sich schnell Fassenden, beide Hände hin.

„Ach, lieber Herr," rief sie ganz verklärt und rosig, „wie können wir Ihnen jemals danken!"

„O, o, bitte!" machte er, ihre Hände drückend und gleichzeitig ein bißchen zurückschiebend, „diese freundliche Aufnahme is mich jar zu wohltuend" – er räusperte sich, „jar zu wohltuend für einen einsamen Mann wie ich!" Eine anständige Trauer erschien auf seinem glatten, lebenslustigen Antlitz; er sah stirnrunzelnd vor sich nieder und klapperte mit dem Teelöffel in seinem Glase.

„Herr Tewes hat vor einem halben Jahr seine Frau verloren," sagte Rike mitleidig flüsternd.

Tewes sah flüchtig auf und nickte kummervoll; dann zog er das Taschentuch und gebrauchte es kräftig, dazwischen murmelnd: „Es hilft nich! Fer'nand, es hilft nich!"

Die Frauen waren ganz Teilnahme, auch Fritz rückte mitfühlend auf seinem Sitz hin und her; Johann sagte leise: „Ach, Rike, Hannchen hat kein Glas."

Dann fing der betrübte Witwer wieder an: „Un nu dieses Jejenseitige! Nichts als ‚mein Fritz' hier und ‚mein Johann' da, un wenn man das auch so gewöhnt gewesen is und denn der Schreck heut abend! – mir is nich janz recht, meine Herrschaften – 'n bißchen steif in die alten Knochen –"

Er zuckte probeweise mit der Schulter und machte Miene aufzustehen.

„Wenn Sie sich gleich niederlegten," meinte Fritz.

„Ick reiße mir schwer los," nickte Tewes verbindlich, „aber ick spüre noch ümmer so 'ne gewisse Feuchtigkeit um mir; die Veranlassung zu unsre Bekanntschaft war wenijer anjenehm, aber ick hoffe, der weitere Fortjang –"

„Nein, gehen Sie gar nicht fort," rief Rike, die das Letzte nicht gehört hatte, da sie schon seit ein paar Minuten heimlich mit der Schwester beriet. „Nach dem großen Freundschaftsdienst gegen meinen Bruder und uns alle," sie streckte dem Gaste noch einmal die Hand hin; „die Uhr geht auf Eins! Wenn Sie mit dem Sofa hier vorlieb nehmen wollen" – –

Ja, Herr Tewes war so frei; denn morgen war ja Sonntag, da hielt er sein Möbellager geschlossen, und das Dienstmädchen würde sich nicht um ihn ängstigen, und „weiter hatte er ja niemand!" sagte er mit einem melancholischen Seufzer.

Und mit Wohlwollen und Behagen blickte er auf die schneeweißen Federhügel und die tulpenbunte Spreitdecke, die von den freundlichen Schwestern so einladend aufgebaut und entfaltet wurden. –

Im Schlafzimmer der „Fräuleins“ ward noch lange geflüstert. Hannchen wollte alles wissen, was während ihrer Ohnmacht und des tiefen Schlafes nachher geschehen war; die Gefahr, in der Johann geschwebt und seine glückliche Rettung regte sie noch immer auf. Und der Retter schlief in der Wohnstube nebenan! –

Johann hätte es auch getan, dachte sie, aber ist es nicht schön, daß es mehr so edle Menschen gibt? Ach, wieviel sind wir ihm schuldig! wieviel! Und mit dem Entschlusse, morgen früh in die Kirche zu gehen, und im Gefühl einer tiefen inneren Verpflichtung schlief sie endlich ein –

Es gab ein vergnügliches sonntägliches Kaffeetrinken am andren Morgen; Herr Tewes durfte natürlich nicht ohne Kaffee fortgehen. Er sah noch frischer und hübscher aus als in der Nacht und führte die Unterhaltung. Den Witz, daß er gern früh „mobil“ sei, weil sich das für einen Mobilienhändler auch nicht anders passe, brachte er so geläufig vor, daß mancher gemerkt hätte, er habe ihn schon öfter gemacht, aber die Zwillinge bemerkten das nicht.

Als Hannchen früher als die andern vom Kaffeetisch aufstand, weil sie in die Kirche gehen wollte, stand auch er auf und bat um die Erlaubnis, sie hinbegleiten zu dürfen. Etwas befangen, aber freundlich sagte sie „Ja“ und verwickelte sich hoffnungslos in den schwarzen Spitzenschal, den ihr der galante Herr Tewes mit großem Eifer umlegte. Doch war sie kaum gerüstet, als auch Johann hinzutrat und sagte, daß er gleichfalls gehe. Hannchens klare Augen glänzten auf, Tewes Gesicht längte sich merklich, doch bemühte er sich um eine lebhafte Unterhaltung mit dem stillen Fräulein und nahm umständlichen Abschied an der Kirchentür.

Hannchen sah nach ihrem Kirchgange den ganzen Tag andächtig und feierlich aus, und zwischen den vier Geschwistern herrschte eine gehobene Zärtlichkeit. Gegen Abend machten sie alle noch einen wunderschönen Spaziergang über die Wälle und freuten sich an der Windmühle am Millerntor und an den Hängeweiden am spiegelblanken Stadtgraben. Aber daß es schon Georginen gab, machte sie ganz betroffen.

„Die kommen jedes Jahr früher! die mag ich gar nicht gern, und ich mag doch sonst alle Blumen," sagte Hannchen.

Am Dienstag nachmittag kam Fritz eilig zu den Schwestern hinaufgelaufen.

„Herr Tewes ist da, unten bei Johann in der Kellerstube. Er fragt nach euch, ich darf ihn doch raufbringen?"

„Natürlich," sagten die beiden erfreut und rückten ihr Nähzeug zusammen; „da steht bloß noch Herrn Sottje seine Untertasse auf der Erde, nimm sie auf, Hannchen, er könnt hineintreten – so!"

Es klopfte schon, und der Mobilienhändler, unterwärts schwarze Trauer, oben aber lauter weiße Wäsche und Lebenslust, dienerte herein. Er war gerade in der Nähe gewesen und hatte sich das Vergnügen nicht versagen können.

„O, ganz auf unsrer Seite," meinte Rike, flüsterte Hannchen eine Kaffeeanweisung ins Ohr und fragte nach dem Befinden.

Tewes sah dem blaßgrauen Kleide nach, das eben durch die Tür verschwand und sagte, halb zu Rike, halb für sich: „Habe nich leicht so was jesehn, von anjenehmes Wesen – janz wie die Selige!"

„Ja, unser Hannchen," begann Rike im Ton der Bewunderung, brach aber ab, denn die stille, schlanke Gestalt in dem blaßgrauen Kleide war schon wieder eingetreten und stellte ihr Kaffeebrett mit aufmunterndem Lächeln vor den Besucher hin.

Die Brüder gingen ab und zu; der Gast blieb bei den Schwestern sitzen und erzählte und hörte mit gleicher Bereitwilligkeit. Aber meistens erzählte er. Die „Selige“ erschien noch mehrmals und nie, ohne einen feuchten Zoll von Herrn Tewes’ Äugelein zu verlangen. Er war aus Neustrelitz, ja, aber schon vor zwanzig Jahren nach Hamburg gekommen; das Geschäft hatte er mit der Seligen erheiratet, doch hatte er es von Jahr zu Jahr vergrößert. „Als simpler Dischlergeselle bin ick injewannert un ooch jleich in das Herz von meine Aujuste. Sie hat mir jefallen, un ick ihr. ‚Fer’nand‘, sagte sie zu mir, ‚bleib hier! bleib für ümmer! so ’n Mann wie du, so tätig und so plitsch, den krieg ick nie nich widder;‘ sie war ooch junge Witwe, wissen Sie, und da hat sick das janz leicht jemacht. Und nu, voriges Jahr, mit das Hinterhaus, wat ick vor mein Jeschäft brauchte, das traf sick ooch sehr jut, ick hatte da ’n kleenen Jarten“ –

„Ah!“ riefen die Schwestern und hielten gleichzeitig im Nähen an.

„Ja, nu, die paar Kirschen kann ick ebenso jut kaufen; sie wurden doch man von die Sperlinge jefressen oder doch anjepickt, und meine Juste war es nie recht appetitlich, und is auch wahr! Erst wühlen se in Staub un so Kutscherkrippen rum mit de Schnäbel, un denn nachher an de Kirschen! Nee, ick sag Ihnen, der Jarten war mir verleidet, un denn de Spreen! ach, du lieber Jott, nee! Da war immer allens weiß in de Laube un so, un wenn ick in ’ne Jartenlaube rinsitze, da will ick mir doch nich den Rock einschmuddeln, un aus den Tuch jeht es nich mal raus, das beste is noch mit warm Wasser, aber Benzin oder Terpentin – man jo nich! Hat mich sechsundzwanzigtausend Mark jekost, das Hinterhaus, aber allens pükfein, mit ’ne Wetterfahne uf ’n Dach, un das amüsiert mir, wenn ick das so Sonntagsnachmittags beobachten kann, wo der Wind herkommt, un ’ne Stellasche zum Deckenausklopfen auch jleich dabei, allens praktisch und rejell! Na, ick hoffe, Sie besuchen mich nu mal, Fräulein Hannchen, Fräulein Rike, wie? würde mir sehr freuen, und wenn Sie’s Haus nich finden, oder ick nich jleich da bin, so fragen Sie bloß nach Herrn Ferdinand Tewes; sie kennen mir uf de Nachbarschaft, wie 'n bunten Hund hätt ick beinah jesagt, weil ick der einzigste Mobilienhändler bin auf 'n Hühnerposten, un weil ick nu noch das Hinterhaus jebaut habe".

Er zog ein dickes Kuvert voll Bauplänen, Kostenanschlägen und Handwerkerrechnungen hervor und begann sie zu entfalten und vorzulesen. Dickelitje, frisch gewaschen und dreist vor Eitelkeit, setzte sich vor ihm auf die Hinterbeine und versuchte mit dem rechten wolligen Vorderfuß ihn sanft am Knie zu kratzen, um seine Aufmerksamkeit zu erregen; Herr Tewes schob ihn zurück, ohne aufzublicken. Da riß der gekränkte Pudel sein Mäulchen auf und gähnte laut und rücksichtslos, während er gleichzeitig die Zunge eine halbe Hand lang gegen den Lesenden ausreckte. Hannchen bemerkte es mit Lachen, doch das Gähnen, selbst eines Pudels, ist ansteckend, und zuletzt konnte auch Rike, welche die Schwester halb erschrocken von der Seite ansah, nicht gegen die Natur, entsetzt über ihre Unhöflichkeit. Diesmal war aber Tewes der Ahnungslose; er merkte nichts von dem lautlosen Terzett und fuhr unbekümmert fort, bis Johann hereintrat und die Bewegung des Lebens in die zwei schläferigen Gesichter zurückkehrte. Der Pudel sprang ihm vor Wonne fast über den Kopf weg, so wie heute hatte er sich noch nie gelangweilt.

Und dann kam Fritz und hoffte, daß Herr Tewes doch zum Abendbrot bleibe, und Herr Tewes blieb sehr gern und verwischte durch eine überraschende Munterkeit beim Glase Grog den langhingezogenen Nachmittag aufs glücklichste. Er war „als simpler Dischlerjeselle" durch die meisten deutschen Vaterländer und darüber hinaus gewandert und hatte überall in die Töpfe geguckt. „Und in Jütland, da brennen sie bloß Heidekraut, so in janze Bündel, un wenn 'n Wind jeht – un es jeht beinah ümmer einer, denn fliegt einem die janze Pastete um den Kopp; 's is rein feuerjefährlich, wenn man 'n bißchen stark von Haar is un uf Pommade un so Fettigkeiten hält! Un die hölzernen Löffel, womit sie ihre Buchweizenjrütze essen, ümmer so vorn rinjesteckt, in 'n Jurt oder in die Jacke oder wat se sonst nu jrade anhaben, un nich erst abjewaschen, Jott bewahre, nee! bloß so rundrum abjeleckt un rinjesteckt!"

Dann teilte er ein ausführliches Rezept zu bayerischen Knödeln mit, und als man es fertig gehört hatte, fanden die Schwestern, daß Knödel ganz dasselbe seien wie Hamburger Mehlklöße, nur ohne Butter. Und Tewes bekannte höflich, daß sie demgemäß auch nicht halb so gut schmeckten.

„Aber, sehen Sie, wenn ick sage: ‚Knödel', so hat das 'n janz andern Schwung! So wat Jebürgiges, möcht ich sagen, so wat Tirolerisches!"

Und plötzlich erhob sich Herr Tewes, blies die Backen auf, spitzte den Mund und gab einen feinen harmonischen Jodler von sich; nicht gellend und übermütig wie ein Holzknecht oder Senn, sondern destilliert und verdünnt und dem Geschmack von Damen angepaßt.

Unter dem verwunderten Lachen und Beifallrufen der vier Geschwister setzte er sich strahlend wieder nieder.

„Ja, was der Name nich tut!" sagte er nachdenklich und zu Hannchen gewendet. „Und doch, wat is Name, im Jrunde jenommen? Name is Dampf! sagt Schiller. Ja, sage ick, aber jrade der Dampf is es, wat benebelt!" Er machte ein unendlich pfiffiges Gesicht und wiederholte noch einmal, „wat benebelt! Die Welt is mal so", fuhr er in demselben weislichen Tone fort. „Meine Juste hat auch ümmer jesagt, Fer'nand, sagte se, unsre jute Stube, die heißt nu Salong! es ist eleganter, und die Leute sitzen viel lieber drin als in 'ne simple jute Stube".

Fritz und Rike baten um Wiederholung des Jodlers, und er ertönte noch ein paarmal. In der nun folgenden heiteren Zutraulichkeit bekannte Herr Tewes mit einem vielsagenden Lächeln, daß er, als er jenen Jodler gelernt, ein gefährlich lockerer Zeisig gewesen sei und verteufelte Hansbunkenstreiche verübt habe. „Aber es ist die richtige Zeit, Jugend muß austoben. Der Holländer hat recht. Und wie sagt der Holländer, wenn einer kommt und seine Tochter einen ehelichen Antrag stellt? ‚Hebbt Ji rast oder wöllt Ji rasen?' sagt er. Und wenn er schon jerast hat, denn jibt er sie ihm, und wenn er erst rasen will, denn sagt er: wart noch 'n paar Jährchens, und denn komm wieder, daß wir weiter sehn."

Rike kam mit dem Wunsche heraus, etwas von Herrn Tewes' Rasereien zu erfahren, doch der ließ sich zu keiner Unklugheit verleiten, sondern wiederholte nur mit geheimnisvollem Lächeln und einem Blick auf Hannchen, die ihrer Schwester Wißbegierde nicht zu teilen schien, es sei schlimm genug gewesen! Zuletzt erzählte er aber doch, halb erstickt vor Lachen, wie sie einmal in einem Dorfe bei Schwerin, nachts, alle Schweinekoben geöffnet und die Schweine hinausgejagt hatten. „Und die haben da nu rumjejrunzt, und denn wir bei und die Leute weisjemacht, da seien Bären einjebrochen, und die sind nu mit Peitschen und Dreschflegeln und Jott weiß was auf ihre eigenen Schweine losjejangen! Es war 'n höllischer Spektakel, un wir haben uns rein dodtjelacht! Es is aber 'n Unglück dabei passiert; ja, Spielwerk will Raum haben, sag ich ümmer, und es war auch nich meine Idee, ich hab bloß mitjemacht. Nämlich eins von die Schweine is in 'n Brunnen gefallen, der war ja woll nich ordentlich zujedeckt oder so, un is da versoffen, mit Erlaubnis zu sagen. Und es war 'n wertvolles Tier, und wir haben berappen müssen! Denn natürlich haben sie rausjekriegt, daß wir hinter den Ulk jesteckt haben."

Es war schon spät, als der Möbelhändler seinen Rock zuknöpfte und, seine Beinkleider gegen Dickelitje mit vorgehaltenem Regenschirm verteidigend, Abschied nahm. Der Pudel belferte ihn fast unhöflich hinaus. In seinen Hopsern war lauter Schadenfreude, daß der Gast ging und er bleiben durfte. Zwischen diesen beiden gab es noch kein Verhältnis.

Aber am nächsten Freitag war Herr Tewes wieder da und am Sonntag abermals, und am Montage verbreitete sich in der redseligen Neustädter Neustraße die merkwürdige Nachricht: „Fräulein Hannchen Becker ist Braut! sie kriegt 'n reichen Möbelhändler, gestern abend ist Verlobung gewesen!" Und dann das Anhängsel: „sieh' an, daß die noch einen abgekriegt hat! das wundert mich aber! Sie kann doch nicht mehr jung sein."

Und dann wunderte man sich über den Geschmack des Möbeltischlers, der das altmodische Fräulein gewählt hatte, das aussah: „wie aus einem Bilderrahmen geschnitten, noch von Anno Eins," mit dem glattgescheitelten Haar und dem grauen Kleide „ganz ohne Falbeln oder Garnitur."

Was aber bedeutete das Wundern und Kopfschütteln der Nachbarn gegen das Erstaunen der vier guten Leutchen, die es am meisten anging; war es doch nie einem der Brüder in den Sinn gekommen, sich zu „verändern"; war doch nie eine der Schwestern Gegenstand einer zärtlichen Bewerbung gewesen. Sie waren so echte Geschwister, wie die vier Räder eines Wagens, und die gemeinschaftlichen Jugendbekannten dachten sich so wenig eins der Räder gesondert, wie eins ihrer Augen oder Ohren mit selbständigem Dasein ausgerüstet und lebefähig außerhalb des gemeinsamen Körpers.

Und nun war dieser Fremde, dieser ansehnliche Neu-Strelitzer, gekommen und hatte verlangt, in den Bund aufgenommen zu werden! Was für ein Ereignis!

Fritz strahlte am meisten und auch am sichtbarsten nach außen hin. Er erzählte jedem, der kam, händereibend und sich in den Hüften wiegend, daß eine Braut im Hause sei, und lächelte: „Ja, raten Sie 'mal, wer woll?" Und wenn nach der Person des Bräutigams gefragt wurde, so machte er ordentlich ein Doppelkinn und kröpfte sich vor schwägerlichem Stolz. Er hatte ganz die Empfindung eines Brautvaters, denn an ihn hatte sich Herr Tewes gewandt mit seiner Werbung, und aus seinen Händen hatte die Schwester den unvermuteten Bräutigam in Empfang genommen.

Auch Rike steckte in einem vollständigen Verwunderungskrampf. Vor allem darüber, daß der muntere Herr Tewes ihr liebes, stilles Hannchen, das so zurückhaltend und wortarm war, so schnell und klug gewürdigt hatte und sie allen Jüngeren und vielleicht auch Hübscheren vorzog. Denn ein so wohlhabender Mann hatte gewiß eine stattliche Auswahl. Sie betrachtete ihre Schwester aufmerksam, sobald sie nur an ihr vorbeiging und strich ihr über die reichen, dunkelblonden Flechten: „Mein Hannchen, heut sitzt dein Haar 'mal hübsch!" oder sie sagte nach solcher Musterung: „Willst nicht die blaue Schleife vorstecken? die steht dir so gut!" oder: „Ich denk doch, du nimmst nu 'mal 'ne andre Farbe als perlgrau, wenn du wieder 'n Kleid kriegst, wir können ja 'mal Tewes fragen, welche er am liebsten leiden mag." In stillen Nähstunden brütete sie heftig über Aussteuerplänen; ihre eigene, von der Mutter selbstgewebte Mitgift hatte sie der Schwester noch am Verlobungsabend aufgedrungen und sich weder durch scherzende Abweisung noch durch gerührte Tränen umstimmen lassen. War Fritz Brautvater, so war sie Brautmutter, und Hannchen war in ihren Augen mehr als je zu dem „Kinde" geworden, dem man alles ordnen und ebnen, aber auch alles über den Kopf wegnehmen mußte.

Das „Kind" war ein bißchen unvernünftig. Es sprach weder von der Aussteuer noch von dem Bräutigam, sondern nur von der Veränderung und Trennung. „Wenn ich nun fort bin," „wenn ich nicht mehr hier bin"; und ihr sanftes Gesicht nahm dabei manchmal einen Ausdruck an, als spräche sie von ewigem Abscheiden. Dazwischen freilich gingen auch ihr immer wieder die Augen über vor Verwunderung, wie an jenem Sonntag, da Fritz ihr die Sache eröffnet hatte, und sie zuletzt, statt dem wartenden Bewerber, ihrem Zwillingsbruder um den Hals gefallen war und von dieser warmen Stelle aus dem guten Herrn Tewes geantwortet hatte, sie wolle ja gern alles tun, was er verlange, aber sie könne sich nicht gleich fassen, es sei gar zu unerwartet gekommen; sie habe nie daran gedacht, von hier fortzugehen. Worauf Herr Tewes mit freundlicher Fassung erwidert: Wir bleiben ja hier! Wir jehn doch nich nach Amerika! Haben Sie man keene Bange, Fräulein Hannchen, ich möchte ja bloß hier der fünfte sein, das müßte ja das reine Turteltaubennest werden, mit all diese Jejenseitigkeit".

Da mußte sie lachen und war gewonnen. Sie ließ den Hals des Bruders fahren und reichte dem Bewerber die Hand; so ward die Verlobung geschlossen. Herr Tewes war ohne Kuß Bräutigam geworden; sein Mundspitzen war den Zwillingen in ihrer Aufregung nicht augenscheinlich geworden; es war auch nicht unbescheiden gewesen. Er hoffte, die Zukunft werde ihm süßere Früchte bringen, und er verlegte sich aufs Warten, obgleich er mit seinen Gedanken nicht über ein Vierteljahr hinaus reichte. In drei Monaten wünschte er Hochzeit zu machen.

Johann ging still umher wie gewöhnlich, brachte Sonnabends schönere Sträuße als je für Hannchen und wich nicht aus dem Zimmer, wenn der Bräutigam da war, der ihn allmählich mit einem stummen Widerwillen zu betrachten anfing.

Einmal kam Johann zu Rike in die Küche und fragte ohne alle Einleitung:

„Hör, wie lange ist sie eigentlich tot?"

„Tot? wer soll tot sein?" rief Rike erschrocken.

„Scht! Tewes' Frau!" erwiderte er, sich ängstlich umsehend.

„Ein halbes Jahr, glaub ich", stotterte die Schwester.

„Oha!" machte Johann und sah sie mit so ausdrucksvoller Miene an, daß ihr das Blut ins Gesicht stieg. Als sie sich auf eine Antwort besonnen hatte, war der Bruder schon weg. Rike schüttelte den Kopf, war aber zerstreut und nachdenklich, als Tewes kam und mit behaglicher Vertraulichkeit in die Küche hineinrief: „Ist der Kaffee all möhr[1], Fräulein Schwägerin?" eine Grußformel, die er ihr gegenüber ein- für allemal gebrauchte, und die sie fast immer mit einer scherzhaften Anspielung auf den Mißbrauch des Wortes „möhr", daß heißt „mürbe", beantwortete.

Alljährlich, am 15. August, unternahmen die Zwillinge einen weiten Tagesausflug, das liebste Fest des Sommers. Dann wurde der Laden zugeschlossen; Johann schrieb in schönen großen Buchstaben auf einen Zettel, daß Bestellungen oder Besucher um Auskunft zu Herrn Krull, dem Krämer gegenüber, gehen möchten, und wenn der Zettel an der Tür hing und der Stuhlwagen vor dem Hause hielt, dann kam eine Feierlichkeit über die vier Geschwister, als gehe es statt nach Blankenese oder Billwärder sogleich ins Himmelreich.

Der Kutscher war natürlich Karl Müller, der Sohn des Schusters schräg gegenüber, der einen Kutschstall angelegt hatte und trotz seines schustermäßigen, wilden Bartgekräusels und seiner schwärzlichen Hände stramm und steil auf dem Bocke saß und mit den Zügeln ebenso ordentlich umzugehen wußte, wie mit Ahle und Pechdraht.

Auf den diesjährigen Ausflug freuten sich nicht nur die Zwillingspaare, sondern auch Herr Tewes, der sich an jeder Abwechslung ergötzte und nur gegen zu weite Fußtouren sich verwahrte, die er „als simpler Dischlerjeselle dicke jenug jekriegt hatte". Seinetwegen war die Abfahrtsstunde erst auf sieben Uhr morgens festgesetzt worden, er kam ja vom Hühnerposten herein. Mit kunstreichem Peitschenknallen saß der haarige Schusterkarl schon auf dem Stuhlwagen, als Tewes atemlos heraneilte.

„Zwei Schinken sitzen all binnen", sagte er mit vertraulichem Grinsen, „aber sie, was sie is", er wies mit dem schwarzen Daumen über die Schulter ins Fenster, „sie is noch beim Kaffee."

Da traten schon die vier Geschwister heraus, strahlend vor Vergnügen über das schöne Wetter und in ungewohntem Putz. Auf Hannchens gelbem Strohhut blühten eine Hand voll Kamillen, und der luftige weiße Schal um die Schultern ließ sie ganz bräutlich erscheinen. Doch sah sie etwas betreten auf Herrn Tewes' hellfarbige Person, denn er hatte dem Tage zu Ehren die Trauer abgelegt und einen hohen grauen Hut aufgesetzt, der im Verein mit der weißen Krawatte seine gesunde Wangenblüte erhöhte. Sogar ein leichtfertiges Spazierstöckchen schwang er in den Händen, denn er hatte sich auf den heutigen Tag die vollständige Bezauberung der kühlen Braut vorgesetzt. Er sprang mit Jugendfeuer in den Wagen, schlug auf die Ledersitze, guckte zu allen Fenstern hinaus und setzte sich, als Hannchen Platz genommen, hart neben sie, freilich ohne auf seine Scherze viel Antwort zu erhalten. Denn gegenüber saß Johann, und mit Verdruß bemerkte Tewes, daß es ihr augenscheinlich bequemer sei, geradeaus zu sprechen; er nahm sich für den Rückzug also das Vis-à-vis in Aussicht.

Die trockenen, reinlichen Straßen waren ziemlich stille; der erste Strom der Vergnügler hatte sich schon vor die Tore begeben. Es ging über Altona ans Elbufer. Die Sonne funkelte blendend auf dem Zifferblatte der großen Uhr am Michaelisturm, und auf der freien, schwindelnden Wendeltreppe hoch oben kletterte, deutlich erkennbar, eine Gestalt mit flatternden Rockschößen empor. Das gab nun zu reden von der weiten Schau dort oben auf die geliebte Vaterstadt mit den roten Dächern gleich einer ungezählten Herde, auf das Schiffsgewimmel im Hafen und weit hinaus auf die glitzernde Elbe mit ihren kleinen grünen Werdern. „Das vergißt keiner, der es einmal gesehen hat", sagte Rike, „und wißt ihr noch, Kinder, nach dem scharfen Winde, der immer da oben geht, das gemütliche Ausruhen in des Turmhüters großer runder Stube mit dem prachtvollen grünen Kachelofen und dem großen getigerten Kater, der darunter lag und schnurrte?"

„Ja, sagen Sie ’mal, Tewes“, fing Johann an, „Sie sind ja woll in Venedig gewesen, nich?“

Tewes nickte: „Auch jewesen auch jewesen!“

„Da soll ja eine ähnliche Aussicht sein vom Turm der Markuskirche, hab ich man gelesen,“ sagte Johann.

„I Jott bewahre! Es is janz anders“, wehrte Tewes ab, „nichts Jrünes, und denn das schlechte Wasser und das alte Häuserjerümpel, und da wird nu so viel Wesens von jemacht! Mein Jeschmack is es nich.“ Er bog sich aus dem Wagenfenster und deutete triumphierend auf einen mächtigen Baum zur Rechten.

„Sehen Sie ’mal den an, Fräulein Hannchen, so was haben die Venediger nich“.

„Die Klopstocklinde!“ riefen die Geschwister erfreut, und Karl Müller hielt, denn hier auf dem Ottenser Kirchhof ward zum ersten Male ausgestiegen. Tewes hatte seiner Braut den Arm angeboten, aber sie ließ ihn bald los, um sich zu dem Grabe des frommen Dichters niederzubeugen und die Inschrift mit leiser Stimme zu lesen: „Saat von Gott gesäet, am Tage der Garben zu reifen.“

Tewes schlich sich zu Rike und sagte in teilnehmender Bekümmernis: „War jewiß ein naher Verwandter von ihr, der Herr Klopfstock!“

Rike sah ihn mit Augen an, die vor Verwunderung rollten, dann lachte sie ziemlich laut und wandte, darüber erschreckend, ihr freundliches Gesicht zu Hannchen hin, ob die wohl die Frage gehört habe. Nein, es war noch gut abgegangen.

Tewes stellte sich, etwas gelangweilt, an den Stamm der Linde, schlug mit seinem gelben Stöckchen daran und sagte, nachdem er auch die Arme probeweise um den gewaltigen Baum gelegt: „Wenn der richtig jeschnitten wird, kann er mindestens eine halbe Million Hammerstiele liefern.“

Betroffen sahen die Geschwister in die prächtige Krone hinauf, in all die Tausende von leise schwankenden grünen

Herzen, in deren jedem der geheimnisvolle Lebenssaft von Zelle zu Zelle stieg und seinen vollen frischen Odem über die stillen Grabsteine und die noch im Tageslicht Wandelnden ausgoß.

Hannchen fühlte plötzlich eine Träne ihr in's Auge treten, sie senkte den Kopf und kehrte nach dem Wagen zurück.

„Ja, wenn man's so nehmen will, haben Sie ja recht," sagte Fritz, »aber diese Linde hier – –"

Tewes setzte eine rechthaberische Miene auf: »Ick bin jelernter Drechsler, da werde ick das doch woll verstehen. Is Fräulein Hannchen nicht recht wohl heute?"

Lustig knallte Karl Müller die schöne Straße entlang mit ihren stattlichen, im Grün der großen Gärten versteckten Landhäusern; das Gespräch im Wagen war etwas träge geworden. Aber dann war Ritschers Garten erreicht, und es gab wieder ein ermunterndes Aussteigen. Es war an diesem Morgen menschenleer auf den breiten schattigen Terrassen; nur in einem Gebüsch an der Elbe unten saß ein langer, kränklich aussehender Mann vor einem einsamen Glase Bier. Als ihm der sauber gewaschene Dickelitje prüfend um die Stiefel schnupperte, zog er die Beine mit einem entsetzlichen Schreckensschrei an sich und legte sie vor sich auf den Tisch.

Rike rief ihren Liebling herbei und nahm ihn mit gekränkter mütterlicher Miene auf den Arm.

„Sie sind wohl auch kein Freund von so Viehzeug?" fragte Tewes, leutselig an dem Tische des Fremden stehen bleibend.

„Ich traue keinem, er könnte ja toll sein," sagte der kränkliche Mann mit argwöhnischen Blicken auf den weißen Pudel.

Johann und Hannchen sahen sich an – Hannchen schlug die Augen nieder.

„So, Sie mögen auch keine Hunde?" Fritz legte Mißbilligung und Verwunderung in seine Frage.

„Die Wahrheit zu sagen, ick mache mir nichts aus Viehzeug," erwiderte der Schwager freundlich. „Jott, der Geschmack ist ja verschieden, wissen Sie, und es is ja Tatsache, daß sie manchmal toll werden."

Die Geschwister verstummten – zuletzt meinte Fritz, man müsse sich doch wohl nach einem Kellner umsehen, und Tewes übernahm bereitwillig das Bestellen des Mittagessens.

Auch während er abwesend war, sprachen die Geschwister nichts; sie vermieden sogar, sich anzusehen. Doch kam er bald wieder, stöckchenschwingend und vergnügt wie ein junger Springinsfeld und überreichte Hannchen eine etwas verblühte, aber jedenfalls gut gemeinte Rose, die er irgendwo im Garten abgerissen hatte.

Hannchen dankte mit verlegenem Lächeln, Rike warf ihr einen aufmunternden Blick zu, Fritz sagte: „Ei, der Tausend!" und Johann bemerkte trocken: „Man darf hier übrigens nichts abpflücken."

Tewes rieb sich die Hände. „Die Rose is das Sinnbild der Weiblichkeit," sagte er pathetisch, „eine Blume, die nich riecht, is nix für meinen Vater sein Sohn. Eine Blume muß riechen, und eine Frau muß weiblich sein, denn ziert eins das andre," fügte er belehrend hinzu, indem er zugleich nach dem Eindrucke seiner Worte spähte.

Aber nur Fritz nickte: „Ja, jawoll!" die andren saßen schweigend da, so daß es ihm etwas unbehaglich wurde. Er trommelte mit dem Fuß, schalt auf die schlechte Bedienung und verschwand zuletzt, um doch 'mal nach dem Essen zu sehen, wie er sagte. Sie hörten ihn aber eine ganze Weile mit dem einsamen Gaste plaudern und dann erst weiter gehen.

„Ja, ehe man sich so miteinander einlebt" – bemerkte Rike, eine längere Gedankenreihe laut fortsetzend.

„Er ist außerordentlich munter für seine Jahre," warf Fritz ein.

Hannchen hatte die Rose auf den Gartentisch gelegt; Dickelitje sprang auf die Bank, schnupperte auf dem Tisch herum, packte die Rose und fraß sie auf.

„Ach Gott!“ rief Hannchen mit ängstlichem Lachen, „sagt es ihm nur nicht!“

Johann lachte auch: „Nu frißt der die Rose auf! dieser Dickelitje!“

Er streichelte und klopfte ihn, als sei er besonders artig gewesen.

Dann kam das Mittagessen, bei dem es wieder lebhaft wurde. Man trank Rüdesheimer, und Tewes jodelte, daß es wie aus einer Musikorgel durch die grünen Bäume scholl.

„Und nu bringen Sie ’mal Karten, Herr Oberkellner,“ sagte er, als abgetragen wurde, „wir machen ’n Spielchen, was? so en Tag in’s Jrüne wird doch lang,“ er gähnte behaglich, „spielen Sie Whist oder Skat? ich kann mit beidem aufwarten.“

Spielen? Kartenspielen? Und noch dazu im Freien, auf dem lieben langersehnten Sommerausflug? Die Zwillinge bekannten beschämt und verdutzt, daß sie noch niemals Karten gespielt hätten.

„Herrjott, aber wie soll man denn die Zeit totschlagen, wenn man ’mal eine hat?“ fragte der Schwager voll Überraschung. Und mitleidig fügte er hinzu: „Das müssen Sie aber schleunigst lernen, meine lieben zukünftigen Verwandten! Man muß mit den Zeitjeist fortschreiten, und dies is doch nu notwendig for jeden gebildeten Menschen, daß er Skat spielen kann.“ – „Wissen Sie was,“ fuhr er, in die zweifelnden Gesichter blickend, fort, „ich habe einen Vorschlag – der Herr da drüben an dem Tisch is ’n forscher Spieler, ick habe ihn gefragt, weil ick mir das schon so halb un halb jedacht habe – ick werde mit ihm eine Partie machen, mit ’n Strohmann, und werde Ihnen eine kleine Einweihung zuteil werden lassen, während Sie zusehen? Dies is hier so recht jemacht dafür.“

Und so kam denn der fremde hypochondrische Herr an ihren Tisch, aber nur unter der Bedingung, daß Rike den Pudel fest auf dem Schoße behalte, und Tewes und er spielten Karten. Die Geschwister, die zu Anfang höflich zugesehen, rückten auf ihren Stühlen hin und her, je mehr sich jene vertieften. Nur Fritz zeigte Interesse und einiges Verständnis.

Tewes hatte recht, der Tag war lang, dachte Hannchen, wie sonderbar nur, daß ihnen das früher nie aufgefallen war. War er nicht sonst immer zu kurz gewesen? Sie stand leise auf, nickte den Geschwistern zu und ging hinunter an die Elbe. Dort stand sie und guckte ins Wasser, und wußte nicht, was sie sah. Die Wellen zogen träge und zäh wie Blei, es war weder glatt und spiegelnd noch bewegt und schaumig – die Hitze des Sommermittags lag schwül über dem Garten, das hohe Schilf, die silberblättrigen Weiden bewegten sich kaum; mit verblichenen rosa Blumen stand das Gipskraut da, heute duftete es nicht. Manchmal hörte sie kurzes, lautes Sprechen – eine joviale, lachende Stimme – dann zuckte sie zusammen und sah sich ängstlich um. Ein ruhiger bekannter Schritt kam über den Grant herunter – das war Johann! Gottlob! Sie sahen sich an und standen dann nebeneinander, um in den Fluß zu sehen.

Dann kam auch Rike. „Herrjes, Kinder, hier seid Ihr!“ Sie legte ihren Arm um Hannchens Taille, und nun guckten sie alle drei geradeaus in das Wasser.

„Sie spielen woll noch immer,“ fragte Johann.

„Ja, sie spielen noch immer.“ Rike sah sich flüchtig um: „Gott, weißt du, Johann, wenn man das nu kann und mag –“

„Ja“ – nickte Johann: „ich dachte, wir wollten noch nach Teufelsbrück und Blankenese fahren.“

„Wie vorig Jahr,“ sagte Hannchen.

„Ja, denn is das doch nu woll nix“, meinte Rike.

„Nee, denn is das woll nix.“

Sie guckten wieder ins Wasser.

Da kam jemand durch den Garten herunter: „Sieh, so, mein Fritz!" rief Rike, „hast du es denn gelernt?"

„Nee, so weit sind wir noch nich," lachte Fritz, „das is all recht gut, wenn man das kann, wißt Ihr, aber so –"

„Na wollen sie denn noch nicht bald aufhören?" Johann hatte einen ungewohnten Ton heute, viel härter und bestimmter.

Fritz kratzte sich hinterm Ohr: „Ja, wißt Ihr, so 'n Partie, die is lang" –

„Na, denn kommen wir heut wohl nich nach Blankenese?"

„Nee, denn kommen wir heut woll nich hin."

Nach einer Weile begann Rike: „Kinder, was meint Ihr, müssen wir nich 'mal wieder hingehn?"

Und sie nahm Hannchens Arm und führte sie an den Tisch zurück. Die Brüder folgten. Tewes hielt in einer Hand die Karten, die andre streckte er ihnen schon von weitem entgegen. „Na haben Sie sich 'n bischen die Füße vertreten," rief er; „es is übrigens jar nicht recht, Hannchen, daß Sie mich so böslich verlassen! Wie soll das erst werden, wenn wir verheiratet sind! ‚An deiner Seite ist mein Platz'" – sang er und schob ihr einen Stuhl neben sich hin. Hannchen nahm ihn an und entschuldigte sich mit leiser Stimme, sie habe ein bißchen an der Elbe gestanden, wo ihr Lieblingsort hier im Garten sei. Tewes stellte sie nun dem fremden Herrn als seine Braut vor, und dann den fremden Herrn als einen Zahnarzt aus Ottensen und vortrefflichen Skatspieler. Hannchen saß in peinlichem Erröten, als Tewes seinen freien Arm erst auf ihre Stuhllehne und dann um ihre Schulter legte. Der Zahnarzt schielte sie über seine Karten weg an und erkundigte sich in besorgter Weise nach Dickelitjes Gesundheit. Sie saß steif wie eine Puppe, bis Rike, die sie schon eine Zeitlang ängstlich angesehen hatte, plötzlich aufschnellte und rief:

„Mein Hannchen, wollen wir nicht Kaffee bestellen?"

„Ach ja," flüsterte die Schwester wie im Traum, und als sie zurückkamen, setzte sie sich schnell an das andre Ende des Tisches.

Johann sah in die Höhe und lächelte ihr zu. „Es fängt an zu tröpfeln," bemerkte er dann, „es regnet schon in den Kaffee."

Man trank ihn eilig aus, der Regen wurde stärker.

„Das Beste ist woll, wir fahren nach Hause," sagte Johann in seinem heutigen ungewohnten Tone, „meint Ihr nicht auch, Kinder?"

Tewes war für Weiterspielen im Zimmer und wurde verdrießlich, als man ihn überstimmte. Im Wagen mußte man sich drängen, denn der Zahnarzt saß mit darin: Tewes tat es nicht anders – der Herr wollte nach Hamburg, und da mußte man ihn mitnehmen. Dickelitje, der seinen Feind erkannt hatte, knurrte den ganzen Weg über auf die unerhörteste Weise.

„Und von meiner Braut habe ich nichts jehabt, nich 'n einzigstes Mal haben Sie mich Fernand jerufen," flüsterte Tewes Hannchen zu, so daß alle es hören konnten. Der Zahnarzt schielte sie an, Hannchen sah errötend vor sich hin, sie wußte nichts zu sagen.

Endlich war man am Millerntor, wo der Fremde ausstieg. Es fand sich, daß der Regen wieder aufgehört hatte – die Abendsonne spielte durch schmalzerrissene, schwarzblaue und kupferrote Wolken, und eine angenehme Frische wehte von den nassen Bäumen herauf. Es war so einladend, daß man sich entschloß, das letzte Stück zu Fuß zu gehen.

Hier in der Stadt schien es weniger geregnet zu haben – die Steine wurden schon wieder trocken, und vor allen Haustüren, auf allen Beischlägen saßen die Leute nach der Tagesarbeit, plaudernd oder in stillem Ausruhen; die Kinder lärmten laut wie Spatzen vor dem Einschlafen; aus den offenen Fenstern tönte der Gesang der Kanarienvögel und Lachen und Kreischen der Papageien. Von der Mühlenstraße her drang eine helle lebhafte Weise herüber – Flötentöne, ein ungarischer Tanz. Und als sie näher kamen, sahen sie den Musikanten, einen Alten mit wilden grauen Locken und einem langen dunklen Schnurrbart inmitten einer Menge tanzender Kinder stehen und blasen. Er trug eine rotbunte Kappe auf dem Kopf, eine gestickte Jacke und weite blaue Beinkleider, aber alles in Lumpen, die jedoch nicht ohne Schwung und Absichtlichkeit um den hohen stattlichen Körper hingen. Seine Augen blitzten unter den Locken hervor zu den munteren Sprüngen der tanzlustigen Hamburger Kinder, die keine Musik hören können, ohne auf die Straße hinauszulaufen und zu walzen.

Die Geschwister blieben stehen; auch Tewes lachte zu dem heiteren Bilde. Unermüdlich blies der fremde Alte, vom Abendlichte überstrahlt, unermüdlich tanzten die Kinder auf Trottoir und Fahrweg, und nur leicht beiseite springend, wenn ein Wagen daherkam.

„Die tanzen ja woll die Nacht durch zu det Jepiepe," sagte eben Tewes, da brach die Melodie kurz und plötzlich ab, die Flöte fiel zu Boden, und der Alte knickte zusammen, öffnete noch ein paarmal hochatmend den Mund und lag dann still mit geschlossenen Augen. Schreiend sprangen die Kinder auseinander; eine Menge Menschen standen plötzlich da, unter ihnen die Geschwister – zitternd und zu Tränen bewegt die Schwestern, die Brüder hilfbereit und erschrocken. Auch Tewes. Er war sogar der erste, der den alten Flötenbläser aufzurichten versuchte – der aber fiel schwer und leblos wieder auf die Seite, er war tot, ein Herzschlag hatte ihn plötzlich da vor ihren Augen getötet. Sie sahen noch, wie er weggetragen wurde, dann gingen sie heim.

„Nee, so was," sagte Tewes, „daß so was nu auch jrade uns passieren muß! Nach so 'n verjnügten Tag!" Er blickte Hannchen an.

„Aber, ich bitte, Hannchen, Sie weinen doch nich jar? Um so 'n ollen Vagabunden? Na, hören Sie 'mal, wenn Sie so weichherzig sind, was wollen Sie denn anfangen, wenn ick 'mal abflattern sollte oder eins von Ihre Jeschwister?" –

Er ergriff ihre Hand.

–Ach, es ist ja gar nicht Trauer, stotterte Hannchen – „im Gegenteil, es war ja so schön" – –

„Schön? det Jepiepe? Na, da hab ick doch schon was Schöneres jehört," lachte Tewes überlegen, „kommen Sie, hängen Sie sich in meinen Arm; die unanjenehme Jeschichte hat Sie anjejriffen."

Aber sie trat einen Schritt zurück. „Ich danke – ich bin es wirklich nicht gewohnt," stammelte Hannchen, „ich tue es nur mit Johann, wirklich!" – Sie nahm Johanns Arm, sah aber Tewes reuevoll und beklommen an, denn er machte jetzt ein sehr gekränktes Gesicht.

„Na, die Unjewohnheiten sollten Sie nu aber bald ablegen," platzte er heraus – „denn will ick nu nich weiter belästigen; jute Nacht allerseits, wünsche allerseits wohl zu ruhen."

Und mit zurückgeworfenem Kopfe, die Brust herausgedrückt, machte er Kehrt und marschierte stramm und ohne sich umzusehen, die Straße allein hinunter – direkt nach dem Hühnerposten. –

Sehr schweigsam vergingen die letzten Abendstunden. In der Nacht wachte Rike an einem eigentümlichen Geräusch auf – „du weinst doch nich, Hannchen, Kind?" fragte sie mit angehaltenem Atem.

„Nein," kam es schluchzend zurück.

Rike stand auf, tastete sich zu der Schwester hin und fühlte nach ihrem Gesicht.

„So kann das doch nicht gut gehen", murmelte sie ratlos. „Ich glaube, Hannchen, du stellst dir alles schwerer vor als das is."

„Ja," lispelte Hannchen.

„Du mußt bedenken, wie fremd er uns noch is," ermahnte Rike.

„Ja, das denk ich gerade."

„Aber das is doch woll immer so, mit 'n fremden Mann," meinte Rike nachdenklich.

„Ja, wahrscheinlich."

„Er is doch 'n guter Mann, nich Kind?"

„Ja, das muß er doch, weil er Johann aus dem Wasser gezogen hat."

„Nich Kind, das können wir ihm doch nie vergessen?"

„Ach, Rike, ich begreif es auch gar nicht, wie ich so undankbar sein kann!"

„Das gewöhnt sich noch," tröstete die Schwester, – „hör bloß, nebenan trappt es immer auf und ab." –

„Das is Johann, ich kenn seinen Schritt, Rike."

„Herrjes, denn kann der ja woll auch nich schlafen! Gott, Kinder, was fangen wir denn einmal an?"

„Geh man wieder zu Bett, Rike – das hilft ja doch nu nich," sie verbarg ihre Augen in den Kissen.

„Soll ich Johann 'mal fragen, warum er nich schläft?"

„Nee, laß man, Rike, ich weiß schon, er sieht das wohl auch ein."

„Glaubst du, daß er ihn nich leiden mag?"

„Ja, das glaub ich! und das is mir doppelt schwer." –

Am andern Tage ließ sich Tewes nicht sehen, auch am darauffolgenden nicht.

Am dritten, um die Kaffeestunde, kam er, ging aber, ohne seine lustige Frage, ob der Kaffee bald „möhr" sei, an der Küchentür vorüber und überraschte Hannchen allein im Wohnzimmer, am Nähtischchen mit dem Strauß.

„Schon wieder bei den Blumen," sagte er, sich die Hände reibend und den Hut auf einen Stuhl stellend – „jleich und jleich jesellt sich jern, is es nich so, Hannchen?" Er bückte sich, um in ihre Augen zu sehen.

Als er aber ihre Unbehaglichkeit bemerkte, legte er die Galanterie zu dem Hut auf dem Stuhl und sagte in lebhaftem

Tone: „Wir sprachen neulich von der Weiblichkeit – und da wollte ich doch bloß man fragen, ob Sie das weiblich nennen, wenn eine verlobte Braut ihren verlobten Bräutigam stehen läßt wie einen dummen Jungen und jeht ab mit ihrem Bruder oder sonst en Verwandten, den sie alle Tage haben kann!"

Er hatte sich behäbig niedergelassen und sah ihr streng und gerade ins Gesicht.

„Es tut mir so leid" – begann Hannchen, „aber"

„Ja, sehen Sie, das Aber!" er wurde immer strenger – „Sie sind doch kein Kind nich mehr – un Jott, was bin ick für 'ne Behandlung jewohnt jewesen! Meine Juste! die hätten Sie sehen sollen! Wie die mir um 'n Bart jejangen is! Sie müssen doch wissen, was das uf sick hat, en Mann! So en Mann wie ick macht doch Ansprüche!"

„Ich bitte, aber" – flüsterte Hannchen.

„Jetzt habe ick zu bitten," entgegnete Tewes und schlug sich auf den Magen, „oder vielmehr – ick muß Sie ersuchen" – er räusperte sich bedeutungsvoll, „daß Sie mich behandeln, wie et sick jehört, oder" –

Sein Gesicht nahm einen weltenrichterlichen Ernst an; Hannchen hielt sich, schreckenblaß, an dem mitfühlend zitternden Tischchen.

„Oder," sagte er kalt und dumpf – „es ist am Ende besser, dat allens zwischen uns aus is."

Hannchen ließ die Tischkante los, in ihre Wangen kehrte die Farbe zurück; sie sah zu ihm auf und erwiderte schüchtern, aber dennoch wohlverständlich:

„O, Herr Tewes, wenn Sie so gut sein wollten – und es alles aus sein lassen – ich – ich würde Ihnen ewig dankbar sein."

Tewes sah in ungeheurer Verwunderung die kindliche Bittgebärde der leicht gefalteten Hände und den fast zärtlichen Aufblick der tiefen grauen Augen.

„Aus sein? o, das is leicht, die Jefälligkeit kann ick Ihnen ja immer tun," sagte er, dunkelrot und keuchend, „sehen

Sie, ick brauche ja bloß wegzujehen, denn sind Sie mir los – aber – jleich für ümmer!“

Er griff nach seinem Hut und sah sie noch einmal an – es war ihr Ernst! Im Fortgehen hörte er noch ihren eifrigen Ruf:

„Kinder! Rike! Mein Johann! Herr Tewes will so gut sein – er meint auch – es sei doch besser – wir bleiben zusammen!“

Zornigen Schrittes, in einem Ruck, ging er bis zum Bubeschen Weinkeller, besann sich noch einen Augenblick und verschwand mit düsteren Blicken zwischen den mächtigen Fässern.

Die vier Geschwister standen um das Nähtischchen mit der chinesischen Kumme, leichten Herzens, freudestrahlend, fast gerührt über so viel Glück. Fritz hatte einen Augenblick den Kopf schütteln wollen; eine schwache Minute lang gedachte er des großen Vermögens, das Tewes besaß – aber Rike klopfte ihm auf die Schulter und strich ihm übers Gesicht – sie stellte sich auf einen Schemel dazu:

„Du hast es dir nich so merken lassen, aber ich hab woll gesehen, wie dir das nahe ging, mein Fritz,“ flüsterte sie ihm ins Ohr.

Fritz sah sie an, blinzelte etwas, und dann auf einmal nickte er aus Leibeskräften. „Jawoll, jawoll, besser so!“ sagte er – „Ihr Fräuleins wißt das am besten.“

Johann hielt Hannchens Hände fest wie nach qualvollem Getrenntsein.

„Nur, daß ich so undankbar sein mußte,“ seufzte Hannchen – „so undankbar gegen den, der dich aus dem Wasser gezogen hat, mein Johann!“

Johann lachte in seiner verlegenen, unterdrückten Weise.

„Na, wenn dich das so quält, Hannchen, denn will ich dir man sagen, daß es eigentlich umgekehrt gewesen is – ich mocht man nich die Rederei davon haben und sagte ihm, er sollt den Mund davon halten, und da habt Ihr das verkehrt verstanden."

Hannchen fiel ihm um den Hals. „O, mein Johann erst jetzt bin ich wieder ganz glücklich! " Es gab ein Lachen und Freuen, daß Rike nicht umhin konnte – sie mußte heute abend eine Bowle Punsch brauen.

„An die sechs Wochen wollen wir denken, was, Kinder?" seufzte sie, „Gottlob, es is mir schon wie ein böser Traum!" –

Aber die Nachbarn draußen waren Menschen der Wirklichkeit, und als sie das viele Lachen und Rumoren in dem sonst so stillen Beckerschen Haushalt bemerkten, flüsterten sie einander mit schlauen Mienen zu: „Da is hüt Pulterabend, ganz in 'n stillen, da möt wi doch ok 'n paar Pütt smieten." Und sie kamen und warfen Töpfe und Teller die Kellerstufen hinunter, daß es klatschte und krachte, und einer schmiß absichtlich so, daß die Stubentür hinten aufspringen mußte.

Da sahen sie zu ihrer Verwunderung niemand weiter drinnen als die Zwillinge; die saßen alle um die Lampe und um eine Punschterrine, und auf der rechten Sofalehne, neben Fritz, saß Herr Sottje, und auf der linken Sofalehne, neben Rike, saß der schneeweiße Dickelitje auf den Hinterbeinen. Und eben blickte Hannchen mit glänzenden Augen von dem Buche auf, aus dem heute sie vorgelesen und sagte: „Das war doch eine wunderschöne Liebesgeschichte, nicht?"

Und dann winkte Rike lächelnd den Nachbarn: „Es is nix, die Verlobung is aufgehoben."

„De sind pütcherich," sagten die Leute und gingen kopfschüttelnd nach Hause.

Das Brosämle

Das Brosämle war eine Schauspielerin, aber eine ganz kleine, es war nur fünf Jahre alt.

„Schade drum!“ sagte der alte, zusammengeschnurrte Theaterdiener und streichelte ihm die seidenweichen braunen Locken.

„Schade drum!“ sagte die wohlbeleibte Anstandsdame, als sie das Brosämle mit ihrer Schleppe umgefegt hatte und ihm zum erstenmal in die unschuldigen hellen Augen sah, während es flink wieder auf die Füße kam und sich mit dem runden Händchen das Knie rieb.

„Jawohl, schade drum!“ wiederholte der ehemalige erste Liebhaber, jetzt kahlköpfiger Regisseur und weiter nichts, und schaute dem vogelleichten Dinge mit dämmernden Blicken nach, „schade und dennoch erquicklich, – das einzige Brosämle Natur in dieser bemalten, verstellten Welt, – ach!“ und er schob mit einer theatralisch abwehrenden Geste die beklexten Kulissen aus seinem geistigen Gesichtskreis.

Nur das Brosämle selbst fand keinen Schaden dabei.

Es mußte heut ein Fröschchen- und morgen ein Rätzchenkleid anziehen und übermorgen gar im Hemdchen hinter dem Kinderzuge herhinken, wenn „Der Rattenfänger von Hameln“ gespielt wurde; bald war es Falstaffs winziger Page, bald das Jüngste aus des Tischlers zahlreicher Familie im „Verschwender“, und immer zeigte es sich willig, verständig und hell, weit über seine Jahre. Die große, staubige, kalte Bühne mit ihren unheimlichen Versenkungslöchern und ihren geheimnisvollen Maschinerien erschreckte es nicht mehr, so unermeßlich weit und ungeheuerlich sie ihm auch vorkam. Es bewegte sich in dem phantastischen Raum mit der Gewandtheit einer dort geborenen Maus, ja es machte sogar ganz wie eine solche Männchen vor versammeltem Publikum, warf Kußhändchen, die nicht in seiner Rolle standen, lachte sein unbefangenes Kinderlachen in das Parkett hinunter und errang sich zuweilen einen lauten Applaus, von dem es nichts verstand und der es doch zu einem zweiten, zierlichen Knix neben dem Souffleurkasten veranlaßte. Denn zierlich knixte es, trotz seiner leider ein klein bißchen krummen Beinchen, über die es manche Bemerkung zu hören bekam. Aber es verstand zu antworten.

„Deine Rolle kannst du wohl," sagte der Theaterdiener nach der „Aschenbrödel"-Probe, „aber 's ist nur schad, daß du die krummen Beinchen hast."

„Gerade gut ist's," erwiderte eifrig das Brosämle, „da kann i recht so abwatschele, wie sich's für e Ratt gehört."

Alles lachte, und die Kleine nickte vergnügt dazu.

„Komm her," sagte die Naive, die Darstellerin des Aschenbrödels, „ich gebe dir ein Stück Zucker, du Kätzchen, du braves."

„I eß kei Zucker," erwiderte das Brosämle kopfschüttelnd, – „was kann au i dafür, daß i im Bäregäßle gebore bin?"

Das Bärengäßle war das ärmste Gäßchen ihrer süddeutschen Vaterstadt, und in das Gelächter über die Bemerkung des Kindes mischte sich wieder die Empfindung, welche die Verständigeren zu einer Liebkosung, zu dem Ausruf: „Schade drum!" antrieb.

„Die Mutter ist Tänzerin gewesen, nicht wahr?" flüsterte eine der Schauspielerinnen.

„Gewesen! Ja, das ist das rechte Wort dafür, eine gefeierte!"

„Am meisten von unserm Direktor gefeiert Haha!"

„Böse Zunge! Böses Maul! Und jetzt?"

„Sie ist brustkrank, glaube ich.“

„Ach,“ seufzte die ältliche, gutherzige Naive, „da, du kleine Maus“, und sie steckte dem verwundert zuhorchenden Kinde zwanzig Pfennige in die festgeschlossene Faust.

„Danke! Die bring ich meiner Mama,“ nickte Brosämle.

„Ihr habt wohl nicht viel Geld, Brosämle?“ fragte der zweite Liebhaber und lachte über seinen ausgezeichneten Witz.

Das Kind verwandelte sich plötzlich in ein Mädchen und in ein stolzes dazu.

„Wir haben g'nug,“ sagte es, zornig errötend, „mer haben alles, was andre Leut habet.“

„Stolz will ich den Spanier,“ lachte der vorige Sprecher.

„Mer esse lauter gute Sächle,“ fuhr das Kind fort, – „Brot und Weißbrot und Wurst und Bier, unsre Stube ist viel größer als deine,“ sie zeigte auf den zweiten Liebhaber, „und ganz leer, ganz leer, da kann man gut springe! hopp!“

Und es hüpfte vom Schoße der Naiven herunter, auf dem es sich gewiegt hatte, und lief heim mit seinen zwanzig Pfennigen zu der kranken Mama, der sie eine Hilfe war.

O ja, die war krank! Das Brosämle hörte sie schon auf der Treppe husten und keuchen. „Mama kann heut wieder gar nit schnaufen,“ sagte sie traurig vor sich hin.

Die Mutter lag im Bett, in dem Zimmer, das so schön leer war, aber heut durfte man nicht darin springen; die dicke Wirtsfrau, eine Landsmännin der Mutter, saß auf einem Stuhl neben der Kranken, hielt einen leeren Suppenteller auf dem Schoß und machte eine beschwichtigende Handbewegung nach der Kleinen zu.

„Kätterle,“ rief die Mutter vom Bett, die schmalen Hände nach ihrem Kinde ausgestreckt, „mei arm's, arm's Tröpfle! I mein, i muß ersticke, was sollst au anfange, wann i nimmer da bin!“

Das Kind streichelte ihr die Wangen.

„Heul nit, Mütterle, nachher sorg i für di!“ flüsterte es.

„Kätterle, goldig's," seufzte die gutmütige Wirtin, „i han no e Süpple für di drunte! 's ist e Sünd und e Schand von dei'm Vatter, daß er nix für sei arm's Tröpfle tut."

Die Kranke weinte und hustete.

„I han kei Vatter," sagte das Kind.

Die Wirtin drückte die Kleine an sich: „Du hast ein', Kätterle, und du bist e kluges Dingele, und wenn i du wär, i tät zu ihm gehe und sage: Ach Vatter, mei Mutterle is krank, tu doch au ebbes an dei'm arm Tröpfle."

„Nit weil i leb," stöhnte die Kranke abwehrend.

Das Brosämle hatte die Augen weit aufgerissen:

„Wer is denn mei Vatter nachher?" sagte es verwundert.

„Der Herr Direktor is dei Vatter, Kätterle," flüsterte die Hausfrau, „gang zu ihm morge, wann du ihn im Theater siehst, und sag, i hätt's gesagt, und i hätt mei Lebtag nit g'loge."

„I mein, i komm ums Leben," ächzte die Mutter, „Sie schwätzet und schwätzet, Wirtsfrau, geb Sie mer lieber 'n Tropfen Wasser."

Sie erholte sich während des Trinkens, legte ihre dünnen Finger auf den weichen Lockenkopf des Kindes und wiederholte mit fieberglänzenden Augen:

„Nit, weil i's Leben hab, soll das Kind zu sei'm Vatter gehen; er hat's verstoße und hat mi verstoße, i will nix von em!"

Armes Brosämle! Es weinte sich in Schlaf neben seiner kranken Mutter, zu der es ins Bett gekrochen war; aber dann kam der ununterbrochene selige Kinderschlummer und nahm die Spur der Tränen von den langen weichen Wimpern.

Als es am Morgen aus den Kissen schlüpfte, lag die Mutter noch still, mit geschlossenen Augen.

„Scht," sagte die Kleine, so oft sie ein leises Geräusch machte beim Anziehen, „Mutterle schläft – Mutterle schläft lang."

Als es sein rotes Kleidchen angezogen hatte, guckte es in den Schrank und fand ein bißchen Milch und einen alten Wecken. Es lachte vergnügt vor sich hin über „die gute Sächle", zu denen in erster Linie Wecken gehörten, und aß und trank, immer mit einem Auge nach der Mutter blickend, die sich nicht rührte in ihrem Bette, obwohl ihr die Sonne gerade ins Gesicht schien. Es war kein Vorhang da an dem großen, niedrigen Fenster. Aber Kätterle wußte schon, wie man Schatten macht. Sie stieg auf einen Stuhl und hängte Mamas braunes Kleid an dem Fensterhaken auf; das nutzte doch ein bißchen, viel nicht, denn die Sonne stand schon hoch.

Da schlug eine Turmuhr draußen. Kätterle zählte die Schläge: zwölf Uhr! Da muß man ja in die Probe! Heut soll sie zum erstenmal den Schmetterling probieren in dem neuen Märchen! Ach das ist gar nicht schön! Da muß man hoch oben in der Luft an einem Seil hängen, wie ihr der Theaterdiener gesagt hat. „Brrr" sagte Kätterle schaudernd, „brrr, davon hat mir schon mal die ganze Nacht geträumt." Aber hin muß man; eine Schauspielerin muß gehorsam sein und keine Angst haben. Mutterle schläft noch immer. Sie setzt ihr zerstoßenes Sammetkäppchen auf, macht leise die Türe hinter sich zu und schleicht die Treppe hinunter.

„Und 's Mutterle?" fragt die Wirtsfrau, die im Hofe wäscht.

„Mutterle schläft noch; sie hat gar nimmer schnaufen können gestern nacht," sagt die Kleine.

„I gang bald 'nauf, Kätterle, und wann dei Herrn Direktor siehst, nachher denkst, was i dir g'sagt hab."

Das Schmetterlingskleidchen, blau und rot und golden, gefällt dem Brosämle „arg gut," – und es besieht sich entzückt in einem großen Spiegel in der Damengarderobe, wo es ganz zu Hause ist.

Goldflitter sind sein schönstes Spielzeug; bei der Weihnachtsverlosung des Tannenbaums im Theater hat es sich keine Puppe, kein Steckenpferd, keinen Zuckertaler gewünscht, sondern einzig, den großen goldnen, vielzackigen

Stern, der auf dem obersten Gipfel des Baumes saß. Und wie hat es gejubelt, als es ihn wirklich bekam! Es hat ihn sich stolz angehängt und ist damit durch die Straßen marschiert, wie ein würdiger Beamter, der seinen ersten Orden spazieren führt!

Aber heut wird ihm die Wartezeit lang. Die Märzsonne dringt noch nicht in diese zugigen hohen Räume, und hungrig ist es auch.

Da wird es endlich gerufen, endlich ist die Maschine in Ordnung; es ist eine neue Maschine, und man hat vorsichtshalber erst ein Paket von dem ungefähren Gewicht des Brosämle daran schweben lassen. Der Versuch ist glänzend ausgefallen; an unsichtbarem Faden wird das funkelnde Geschöpfchen über die Bühne gleiten; sein kleines Vogelherz pocht heftig, als ihm der Diener den Gürtel umlegt, als ihm der Regisseur zeigt, wie es die Ärmchen halten soll, während man es vorsichtig emporzieht, – hoch, hoch, immer höher, Brosämle meint, bis zu den Wolken. Schwindlig und betäubt hat es die Augen geschlossen; nun öffnet es sie vorsichtig wieder und sieht es unter sich gähnen, dunkel und leer. Das ist die Bühne; nun sieht es auch die Menschen, die sich da bewegen; sie gucken zu ihm hinauf, sie geben ihm Zeichen, – das Kind ermannt sich, lächelt, grüßt hinunter, aber sein Herz klopft vor Angst.

Da sieht es eben einen Mann aus der hintern Kulisse treten, den es nur selten gesehen hat; Brosämle erkennt das graue, hochaufgekämmte Haar, das weinrote Gesicht; er wischt sich eben die Lippen mit seinem gelben Taschentuch, er kommt gewiß von einem guten Frühstück. Das ist der Herr Direktor, die Wirtsfrau sagt „ihr Vatter".

Ach, wenn sie jetzt drunten wäre! Aber rufen kann sie ihn ja auch von hier.

„Vatter, Vatter," jubelt sie plötzlich hinunter, „gelt, tu doch auch ebbes für dei arm's Tröpfle!"

Und es streckt die Arme aus und zerrt heftig an dem haltenden Drahtseil.

„Allmächtiger Gott!" schreit der alte Theaterdiener, „das Seil reißt Fangt das Kind auf!"

Inzwischen ist das Unglück schon geschehen. Zu den Füßen des grauhaarigen, weinroten Mannes, der zurückgetaumelt ist und von dem Regisseur und der Naiven gestützt wird, dicht vor seinen Füßen liegt der funkelnde schwebende Schmetterling, aber er regt sich nicht mehr.

„Tot!" schreit der alte Diener und hebt ihn vom Boden, und dieses dumpfe „tot" hallt wie ein Donner durch die stummen Kulissen.

Das Hälschen ist gebrochen; wie eine welke Blume hängt der Lockenkopf hinten über. Ach, und das liebe Gesichtchen wie unkenntlich! Es lächelt nicht wie sonst, es starrt mit wildoffenen Augen noch immer in die furchtbare Leere, in die es gestürzt ist. Die Zähne tief in die Lippen gebissen, der Mund verzerrt, – ist das noch das Brosämle? War das das Brosämle?

Das Entsetzen hat die Bühne fast ganz leer gefegt; der Theaterdiener und der Direktor sind allein mit dem toten Kinde zurückgeblieben, – nur aus einer Kulisse tönt ein Schluchzen; das ist der ehemalige erste Liebhaber, der dort seinen kahlen Kopf in den Händen begräbt.

Nun kommt der alte Diener auf den Direktor zugegangen, der noch immer in einem eilig hergeschleppten Stuhl in halber Ohnmacht liegt.

„Herr Direktor, was soll jetzt geschehen?" sagt er, auf das glitzernde Häuflein deutend.

„Warum ist auch gerade dieses Kind hinaufgeschickt worden," murmelte der Sitzende kläglich, mit einem scheuen Bick nach der angewiesenen Richtung.

Der Diener sieht ihn groß an mit den ernsthaften, altersträben Augen, – er antwortet nichts.

„Holen Sie mir eine Droschke," sagt der Direktor mühsam, „diese Alteration – ich bin halbtot."

„Wollen Herr Direktor selbst zu der armen Mutter fahren?"

„Ich? O Gott bewahre!" stottert jener – er hat schon das silberne Portemonnaie gezogen – „fahren Sie hin, Stamman – ich gebe Ihnen hundert Mark für sie mit!"

„Nicht für tausend!" sagt der Alte zurückschreckend, heftet noch einen langen finstern Blick auf den zusammengesunkenen Mann und humpelt beiseite.

Eine Stunde später kam eine wohlbeleibte Bürgersfrau ins Theater gelaufen und fragte weinend nach dem Kätterle; seine Mutter, die Tänzerin Brosam, sei schon in der Nacht gestorben, und da schicke es sich doch nicht, daß das Kind Komödie spiele.

„Gehen Sie zum Direktor," sagte man ihr achselzuckend.

Sie lief in seine Privatwohnung.

„Hat doch das arm Tröpfle endlich sein Vatter gefunden," murmelte sie.

Bald kam sie ins Theater zurück.

„Der Herr Direktor läßt keinen vor, er hat sich in sei'm Zimmer eingeschlossen," sagt die Haushälterin, – „kann mir denn keins sagen, ob das arm Tröpfle bei seinem Vatter ist?"

Da hörte sie die Wahrheit. Ja, es war bei seinem Vater, endlich! Er ließ es als sein eigen Kind von seinem eigenen Hause aus begraben. Das war etwas.

„Schade drum! Und dennoch so am besten," seufzte der ehemalige Liebhaber, als sie das Brosämle hinaustrugen.

Der Erste

Sie ist nachher eine Berühmtheit geworden und hat mit ihrer großen Kunst und ihrer prachtvollen Gestalt, mit ihrem echten Feuer und mit ihren sonnenblonden Kraushaaren die Geister und die Herzen bezwungen. Aber die sonnenblonden Kraushaare und die schöne Gestalt waren viel eher da, als die sichere Kunst, und das Feuer war noch ein wildes Flackern, – da ging es der Steffi gar nicht nach Wunsch. Es war ihr erstes Engagement. Das leichte frische Wiener Blut war mit bedrücktem Herzen von der heiteren Vaterstadt und der weinenden Großmutter geschieden und zu den Braunschweigern gegangen, die sie nur den Würsten nach kannte, und die so gut gewesen waren, sie zu engagieren. Sonst hatte niemand sie gewollt. In der dramatischen Schule in Wien galt sie nur erst als das, was sie war: als ein noch unentwickeltes, wenngleich hochbegabtes Geschöpf. Aber wie viele Gaben entwickeln sich nie, wie viele Talente fallen unreif ab! Die Kollegen erzählten sich lachend, sie sei als Maria Stuart in gänzlich zerrissenen Kleidern von der Bühne gekommen, so maßlos habe sie gespielt. Lernen! lernen! studieren! sich selber bändigen und die starken Naturgaben ins schöne Maß der Kunst zwingen das sagten ihr Freunde und Rezensenten.

Und sie wollte ja gern lernen, aber man kann doch nur schwimmen, wenn man im Wasser ist! Und leben mußte sie doch auch, und wie soll man das machen, wenn man arm ist? Da muß man sich eben um eine Stelle bewerben, die man vielleicht noch nicht ausfüllen kann, muß den besten Fuß vorsetzen und zuversichtlich tun, ja wohl gar ein bißchen aufschneiden, nur damit der Direktor und die Kollegen nicht merken, wie grün man sich selber noch fühlt.

So war sie nach Braunschweig gekommen. Aber ach, hier hinter den Bergen wohnten auch Leute! Sie sah es mit Schrecken ein. Und diese Leute schienen das Geheimnis ihrer künstlerischen Unreife überraschend schnell herausgebracht zu haben. Die Kritiken sprachen ganz ungeniert davon. Die tragische Liebhaberin, in deren Stelle sie allmählich zu rücken gehofft, stand dazu so steifbeinig an ihrem Platz, wie es ihre schon etwas zittrige Persönlichkeit nur irgend erlaubte, und hielt ihre Julien-, ihre Gretchenrolle mit verzweifelten Händen fest!

Und als einmal der Kobold Zufall in Gestalt eines Hexenschusses ihr ins Kreuz fuhr und die Steffi aus Wien statt ihrer das Gretchen spielen durfte, da hatte sie zwar Jugend, Schönheit und Naivetät für sich, aber es war doch nicht das echte sinnige innige Bürgerkind, dieses Gretchen; es sprach wienerisch und war „a Bissel g'schnappig" (wie Steffi später selbst zugestand), und erst in der Kerkerszene entfaltete sich die leidenschaftliche Kraft, die ihren Vorzug ausmachte.

Aber die alte Schauspielerin hatte diese Szene viel klagender, viel tränenweicher gespielt, und man konnte sich mit dieser neuen, heftigen Auffassung nicht zufrieden geben. Nur die Galerie klatschte; die Kritiker putzten ihre Brillen, um die schöne plastische Gestalt besser sehen zu können, aber übrigens rührten sie die Hände nicht für sie.

Und als die Steffi zu Tode erschöpft, fiebernd und zitternd nach Hause kam, las ihr schon die alte Hamburgerin, bei der sie wohnte, und die eine eifrige Theatergängerin war, gefährlich den Text, während sie ihr den Tee einschenkte und die Wurstscheibchen aus dem Papier nahm, die Steffi heut zum erstenmal betrübt zurückwies.

„Sehen Sie woll, nu sind Sie krank," sagte die Alte kopfschüttelnd, „aber, Fräulein, das geht allens natürlich zu. Sie sind ja auch zu kehr gegangen, daß ich denk, Ihnen kommt was an, Krämpfe oder so was. Sie sollten sich nicht so abmaracken, sonst ist das 'n säures Brot! Es ist ja wahr, daß der Faust schlecht an Ihnen gehandelt hat, aber wenn Sie so 'n resolutes Frauenzimmer wären, die so kreischen und aufbegehren kann, wie Sie zuletzt getan haben, denn hätten Sie woll auch vorher, zu rechte Zeit, zu ihm sagen können: ‚Hör mal, Heinerich, so und so – und du hast mir als 'n orrendliches Mädchen gekannt, nu sieh auch zu, daß du tust, was recht is und so weiter.' Nämlich, so hätt ich an Ihre Stelle gesagt. Das is meine Meinung. Aber was die Schauspieler sind, die haben da woll andre Ansichten über, als wir Bürgersleute. Bloß mein ich, Sie hätten denn auch nich so trampeln sollen zuletzt. Mir ging das durch und durch, als ich da so beisaß: ich kriegt es mit die Angst. Ich wollt all immer runterrufen, ob ich nicht mit 'n Brausepulver kommen sollt."

Auf diese Rede hatte Steffi erst laut gelacht und war dann in ein herzbrechendes Weinen verfallen. Und in der Nacht war sie schier an ihrem Talent und an ihrer Zukunft verzweifelt.

Das war kurz vor dem Ferienanfang gewesen, und als die Bühne für den Sommer geschlossen ward, da war von Wiederkommen zum Herbst keine Rede. Die Kollegen zerstreuten sich nach verschiedenen Richtungen; die meisten von ihnen bezogen ein Hamburger Sommertheater; auch die tragische Nebenbuhlerin war dabei, und so bekam Steffi keine Aufforderung zum Mitziehen. Sie mußte sich in Gottesnamen dran machen, ihre Rechnungen zu bezahlen und ihre Garderobe zu packen, zur Rückreise nach Wien.

Ach, diese Garderobe! Sie brannte ihr in den Händen, wie sie sie traurig aus den Schränken nahm und zusammenfaltete. Sie hatte kaum etwas davon getragen! Und die alte Großmutter in Wien, die einzige Angehörige, die ihr noch lebte, hatte doch all das bißchen ersparte Geld dafür vertan, das ihr der kleine Handel mit Nadeln und Band eingebracht hatte. Sie hoffte auf die Enkelin wie auf ein schönes wohlbestelltes Saatfeld, und wog geduldig ihre Baumwollensträhnchen, bis die Steffi berühmt und reich wiederkomme und sie für alle Einsamkeit und Herzensunruhe entschädige.

Gut, daß die arme, alte Frau ihren Liebling nicht sehen konnte in dieser Nacht. Steffi packte ihre Koffer und Körbe und weinte dabei. Die Hauswirtin war zu Bett gegangen, nachdem sie ihr bis zwölf Uhr geholfen, unter allerlei ermüdenden Vorstellungen und Ermahnungen, die sie lachend oder trotzig angehört hatte. Nun war sie allein und aller Trotz gewichen. –

Das niedere Zimmer war von den drei Lampen, die brennend umherstanden, taghell und heiß, trotz der offenen Fenster. Sie rannte hin und her, vergaß, was sie tun wollte, blieb mitten in der Stube stehen, schluchzte manchmal und bückte sich dann wieder, ihre Augen trocknend, über die offenen Körbe.

Zuweilen trat sie wie in Verzweiflung an eines der Fenster und sog die kühle Nachtluft ein, die voll Syringenduft über den Platz draußen strömte. Es war mondhell und eine stille köstliche Juninacht; die Mondstrahlen fielen in allerlei phantastische Winkel und Durchsichten hinein, und die Fenster der alten Burg Dankwarderode blitzten wie blaue Spiegel. Aber morgen früh um sieben geht ja der Zug, und da muß alles fertig sein. Also nur wieder zu den Schränken.

Sie nahm das Kleid heraus, das sie als Gretchen getragen; ein plötzlicher Zorn blitzte in ihren Augen, und sie warf es ungestüm zu Boden. Dann besann sie sich, daß die Großmutter gerade für dieses Kleid vierzig Gulden geopfert hatte, und sie hob es seufzend wieder auf, streichelte den weichen blauen Stoff und legte es vorsichtig zusammen. Aber darüber ward ihr so hoffnungsarm, so bitterelend zumut, daß sie auf einen Stuhl sank, den Kopf auf die Fensterbank legte und laut hinausweinte. Ein leiser sehnsüchtiger Nachtigallenschlag kam, wohl aus fernen Gärten herüber und umschmeichelte ihr Ohr, machte sie noch weicher, noch widerstandsloser.

„Ja, du hast gut singen," klagte sie, „aber ich – wie soll ich nun heimgehen! ich wollt, ich wär nimmer da! ich wollt, ich wär tot!"

Da kam unten ein Schritt heran, leicht, aber straff, militärisch. Sie hob mechanisch den Kopf: es schien dicht am Haus vorüberzugehen, dann umzukehren. Es wird der Schutzmann sein, dachte sie, und legte den Kopf wieder auf die Arme. Da, der Schritt kam noch einmal vorüber, und noch einmal, langsamer, zögernder; ein Säbel klirrte leicht, dann war's wieder still. Nun ward doch die Neugier wach; sie streckte den Kopf hinaus und gewahrte eine schlanke Gestalt, die unverwandt, wie es schien, zu ihren Fenstern emporstarrte. Sie konnte das Gesicht nicht erkennen; denn es war im Zimmer noch heller als im Mondschein draußen. Er aber schien sie jetzt plötzlich zu erblicken, denn auf einmal räusperte er sich, und dann rief eine jugendhelle, schüchterne und zugleich begeisterte Stimme herauf:

„Leben Sie wohl, mein Fräulein, ich habe Sie sehr geliebt!"

Und dann, wie im Schrecken über seine eigene Kühnheit, lief der Sprecher im Sturmschritt hinweg, daß der Säbel noch lange straßab rasselte.

Hochauf jauchzte die ferne Nachtigall.

Steffi aber rieb sich die verweinten Augen, – dann riß sie sie auf, wie ein Kind, dem man Angst gemacht hat: „du kriegst nichts zu Weihnachten!" und vor dem nun doch der Christbaum in aller Lichterpracht aufglänzt! Sie holte tief, tief Atem: „Also doch! Trotz meines schlechten R.'s, trotz meines wilden krampfigen Spiels, trotz der älteren Rivalin, die alles so viel, viel besser versteht! Wer war er wohl? Ach, das ist einerlei! Es war eben einer! doch Einer! Nun kann ich doch zur Großmutter sagen: Viel Gutes haben die Braunschweiger nicht an mir gefunden, aber, Großmutter, Einer, Einer hat mich sehr geliebt."

Sie lachte selig in sich hinein. „Wie wird sich die Großmutter freuen! Es war doch schon Einer! Ein Junger." Und dann, nur halb klar gedacht, nicht gesprochen: „Jugend versteht einander. Er wird auch manchmal a bisserl wild zuhaun, wilder als die älteren Kameraden; a bisserl wilder galoppieren, als er soll. Das gibt sich! Wir werden's beide lernen! Wollen nicht verzagen, Steffi, nicht verzagen!"

Wie leicht ihr jetzt die heiße Arbeit von der Hand ging! Sie fand noch Zeit, eine Stunde zu schlafen, ehe sie auf den Bahnhof mußte, so schnell flog alles, nach dem Takt der tröstlichen, tröstlichen Worte, die auch noch durch ihren Traum fortgaukelten.

Durch ihren und durch den Traum des blutjungen Offiziers, der sie hinaufgerufen hatte und dann glühend und betäubt von Liebe und Glück und Nachtigallenschlag und Mondschein auf sein Bett gesunken war. Dicht neben ihm stand der Rosenstrauß, den er ihr noch ins Coupé hineinwerfen wollte.

Aber als er erwachte, war die Zeit verschlafen, und die Steffi war lange fort, war mit einem feuchten dankbar-zärtlichen Blick auf die alte Stadt davongefahren. Er warf die Rosen in die Ocker, aber er betrübte sich nicht darüber. Er hatte es ihr doch gesagt! sie wußte es nun doch. Er war sehr glücklich. Ja, ein Herz muß man sich fassen; sagen muß man's. Und das hatte er getan! –

Die Junisonne schien auf zwei Glückliche mehr in der Welt.

O du reiche, genügsame, süße grüne Jugend!

Von der Straße

Es war einer jener Abende, wo der Winter sich in seiner ganzen feierlichen Schönheit offenbart, selbst in der Stadt.

In kurzen, verlangenden Blicken scheint der Mond durch die weich geballten Wolken, die Fußtritte auf dem übereisten Pflaster klingen hell wie auf Stahl. Wie weggeblasen ist der Geruch der Bierstuben und Fischräuchereien, der Käsekeller und Heringslager vom reinen Atem des Januars; auch in den engen Straßen riecht es nach Luft, und das Gehen macht warm, daß man Hut oder Pelzkappe gern von der Stirn zurückschiebt und den Rockkragen lüftet. Die Vorübergehenden plaudern und lachen, als ob es Sommer wäre und man keine Eile hätte mit dem Heimgehen. Der rastlose Wind ruht; höchstens an den Straßenecken macht er sich bemerkbar und bläst uns in die Ohren, daß die Elbe voll Eis gehe, und daß man auf der Alster von früh bis in die Nacht Schlittschuh laufe.

Ich bog eben in die stille breite Mühlenstraße ein und freute mich an dem Spiel, das der Mond mit dem Michaelisturm trieb; wie er behend die zwischen den Pfeilern schwebende Wendeltreppe auf- und abkletterte und aus den obersten Dachluken herausschien, als sei er beim Türmer zu Besuch gewesen.

Da trat dicht vor mir ein Mann aus einem Hause, eine untersetzte, kräftige Gestalt, die durch ihre unsteten Bewegungen meine Blicke auf sich zog. Er hatte den kleinen, schwarzen Hut im Nacken sitzen, und den Rock nicht zugeknöpft, der ihm mit seinen langen Schößen fast bis auf die Knöchel reichte. Ich hörte ihn eben spöttisch auflachen und sagen:

„Na du, ich finde, wir treffen uns aber kolossal oft!“

Die Person, an die er diese Worte richtete, schien ihm entgegengekommen zu sein und hing nun an seinem Arm. Es war ein Mädchen in dunklem Hut und Mantel, doch sah sie aus, als ob sie diesen Putz nicht täglich trage. Sie hatte zu ihrer mittelgroßen, hageren Gestalt eine werkwürdig kleine, ängstliche, ganz von innen herauskommende Stimme, mit der sie jetzt leise erwiderte:

„Das finde ich nicht; ist es so oft?“

Er (in gezwungenem, witzelndem Ton): „O, ich will nicht sagen, daß ich mich darüber freue!“

Er sprach grell und laut und setzte mit einem stürmischen Lachausbruch hinzu: „Und so ganz aus Zufall!“

Sie (mit unterdrückter Stimme): „Es ist auch Zufall, das heißt –“

Er: „Zufall? hahaha! Nein du, hör, sei doch bloß einmal aufrichtig! Sprich dich doch ein einziges Mal aus! Sprich rein, wie du denkst! Nein sieh, tu mir den Gefallen!“ (Er ließ ihren Arm fahren, trat ein paar Schritte zurück und betrachtete sie von Ferne, dann brach er abermals in Lachen aus.)

Sie (halb weinend): „Sei doch nicht so laut, ich bitte dich, Emil!“

Er: „Laut? Wen geht das was an? (Er sah sich herausfordernd nach mir um.) – Und gerade, wo ich gehen und ein Glas Bier trinken wollte.“

Sie antwortete nicht.

Er (mit heftigem Schelten): „Siehst du wohl! man kann kein Wort sagen, so fängst du gleich an zu maulen! Das ist nu all das zweitemal heute.“

Sie (kläglich): „Ich habe nicht gemault.“

Er (mit schallendem Lachen): „Ich habe nicht gemault! ich habe nicht gemault! hahaha!“

Sie (noch kläglicher): „Ich habe es nicht getan, warum lachst du so laut?“

Er: „Es hört sich bloß so komisch an; ich habe nicht gemault! hahaha!“

Sie: „Die Leute kucken dich an! Sei doch still!“

Er: „Wer hat mir was zu befehlen? wer? (Er schob den Hut ganz zurück und fuchtelte mit dem Stocke umher.) Ich bin wütend! Ich bin wütend auf die ganze Welt. Nichts als Schinderei den ganzen Tag. Die Menschheit ist keinen Schuß Pulver wert! Da wohnt auch so einer! (Er ballte die Faust gegen ein stattliches Haus an der andern Seite, aus dessen Bogenfenstern helles Licht, durch rote, seidene Vorhänge gedämpft, herüberfiel.) Man gut, daß die mit ihren Millionen auch mal sterben müssen!“

Sie: „Hast du dich nicht gut amüsiert gestern? Du bist doch ausgekommen?“

Er: „Ja das woll! Wir haben allerlei Jux gehabt, sind bis nach Winterhude Schlittschuh gelaufen –“

Sie: „Es war schön auf der Alster, nicht du? Bloß hatte das Eis so viele Rillen.“

Er (plötzlich argwöhnisch): „Sieh, du bist also gestern auch auf'm Eis gewesen? Sie gehn woll jetzt jeden Abend aus, mein Fräulein?“

Sie (bittend): „Ich dachte, daß ich dich vielleicht treffen würde –“

Er: „Nee, meine Gute, das ist 'ne Ausrede. Denn seh ich auch wirklich gar nicht ein, warum ich hier das ganze Ende mit Ihnen längs laufe! Ich bin so all zweimal heute 'ne weite Tour gelaufen fürs Geschäft, ganz nach Uhlenhorst, hin und zurück.“

Er blieb mit ungeduldigem Achselzucken stehen und tat, als wolle er rechts abbiegen.

„Gott, Emil, sei doch nicht so!“ bat sie eindringlich, etwas Weißes aus der Tasche ziehend, „kuck mal, das hab ich dir mitgebracht, nu kannst du doch woll sehn –“ Sie weinte leise.

Er: „Siehst du woll? All wieder! Es ist nicht mehr auszuhalten. (Er riß ihr den Brief aus der Hand und schlug heftig damit hin und her.) Was ist es denn? Hunderttausend Taler? Das wär doch noch der Mühe wert! Alles andre ist Quark! Und du – du kannst mir im Mondschein begegnen."

Sie (heftig weinend): „Ach, Emil, sei doch nicht so eklig, es ist – es ist – mein Bild! Wenn du so gut sein und mit mir nach Hause kommen wolltest –"

Er: „Du hast dich abnehmen lassen? Du mit deinen Schellfischaugen?" Er musterte sie lachend von oben bis unten, dann schob er das Kuvert nachlässig ein. „Das krieg ich jawoll noch früh genug zu sehen, – ja, jawoll, ich geh mit, aber bloß, weil ich es deinem Bruder versprochen hab, heute noch vorzukommen. Ich hab es versprochen, siehst du, und wenn ich mal mein Wort gegeben habe –"

Das Paar war um eine Straßenecke verschwunden, ich hörte seine brutale Stimme in der Ferne: „Na, hast du noch was zu bemerken?" dann war es still. Vor mir aber auf dem hellen reinen Trottoir lag etwas Weißes. Ich hob es auf, es war ein Kuvert mit einer Photographie, unzweifelhaft dieselbe, von der eben gesprochen worden. Im Lichte einer Straßenlaterne besah ich das Bild, das Brustbild eines ziemlich hübschen, sanften Geschöpfes mit etwas vorstehenden Augen und lockenbeschatteter niederer Stirn. Auf der Rückseite stand geschrieben: „Für meinen lieben Emil."

Kopfschüttelnd steckte ich das Bild zu mir. Ich fühlte keinen Drang, dem Eigentümer nachzulaufen, um es ihm wieder zuzustellen. Er verdiente es wahrlich nicht.

Der Mond war jetzt ganz aus dem Gewölk hervorgetreten; es war wohl nicht kälter geworden, aber mich fröstelte, die Schönheit des Abends schien mir besudelt, und ich gedachte mit Inbrunst und Sehnsucht all der guten und zärtlichen Bande, die mich mit Menschen verknüpfen, bis ich vor meiner Haustür stand. – –

Es war sechs Wochen später, ein feuchtwarmer Märzmorgen, der mich immer unwiderstehlich ins Freie lockt.

Der Reif der letzten Nacht hängt in Tropfen an den Dachrändern, den Holzzäunen, den Eisengittern, und jedes Tröpfchen ist ein Spiegel, in dem sich die junge Sonne besieht und aus dem sie lächelnd ruft: „Es wird bald Frühling!" In den weißlichen Himmel steigt der leichte Rauch so unbeschwert, so mutwillig flatternd wie ein fröhlicher Gedanke; und um die nassen gleißenden Mauern, um die Gaslaternen, auf deren Fenster die Sonne ganze Strahlenbatterien schießt wie zum Spott, und dann wieder hinab zu der blanken Alster mit den schaukelnden Booten schweben mit lautem Gezwitscher und reißendem Fluge die ersten Schwalben. Alles lacht und glänzt, von den roten Radieschen in den Fruchtkellern bis zu den roten Ärmelaufschlägen der Polizeisoldaten, die da eben einen Gefangenen über den Pferdemarkt nach der Raboisenwache transportieren. Sie haben Mühe und Not mit ihm, obgleich er gefesselt zwischen ihnen geht; er stößt und schlägt mit den geschlossenen Fäusten nach ihnen, so daß die Leute stehen bleiben und in sein bleiches, gedunsenes Gesicht sehen, das er frech und ohne Scham den Blicken ausstellt, denn er hat den Hut ganz in den Nacken geschoben.

„Was hat er verbrochen?"

Die Leute murmeln von schwerem Einbruch und Raub; der Kerl kuckt herausfordernd nach rechts und links, jetzt lacht er gar, grell und gezwungen, und wie ein Blitz fährt es mir durch den Kopf; Herrgott, das ist ja der Mensch von neulich abends! Heute nun verdirbt er mir den Frühlingsmorgen.

Ich folge unwillkürlich seinen Blicken, – ach ja, da steht auch sie an dem Torweg drüben, mit ihrem sanften dummen Gesicht, stumm und versteinert, die Hände abwehrend vorgestreckt, die Augen noch weiter vorstehend als auf dem Bilde, ohne Locken heute, die Backen schmal und eingefallen. Sie trägt keinen Hut, kein Tuch; sie ist barhaupt und hat eine Nähschürze um, als sei sie nur gerade so von der Arbeit aufgesprungen und herausgelaufen, um das Schreckliche zu sehen.

Eben treibt ein Bauernbursche ein ausgedientes Pferd heran, gerade auf sie zu. Ach so, über dem Hoftor dort steht ja zu lesen: Roßschlachterei. Das elende Tier kommt kaum vorwärts, es ist, als ahne es die Schlachtbank; es möcht an dem Torweg vorüber, aber der Bursche hebt den Stock und haut es erbarmungslos auf den hageren Rücken, aus dem die Knochen hervorstehen. Das Pferd bäumt sich schwach, doch als er wieder schlägt, stöhnt es laut auf, und auf einmal begegnen sich die Augen der beiden mißhandelten Kreaturen, die des Tieres und die des Weibes. Mit einem markerschütternden Schrei bricht das Mädchen zusammen.

Hat der Verbrecher den Schrei verstanden? Er wirft den Kopf unruhig auf die andre Seite, ein fahles Rot überfliegt sein wüstes Gesicht. Dann läßt er die Schultern hängen und ergibt sich widerstandslos und stumpf den ihn führenden Polizisten.

»Thedche Bolzen«

Sie sieht nicht eben hübsch aus mit ihren geraden roten Mauern, den schmutzigen Treppenstufen und der breiten Haustür, deren Flügel immer halb offen stehen! Diese Flügel, von denen viele kleine Hände und derbe Rücken die dunkelgraue Farbe abgewischt haben, so daß auf dem hellen verschabten Rande die geistreiche Inschrift in zollangen Buchstaben angebracht werden konnte: „wer das list is ein esell." An der Tür der Volksschule! Ja man verfügt nicht umsonst über eine eigene Bleifeder; solch ein Besitz erstickt alle Ehrfurcht; mit ihm beschmiert man sogar den Eingang zu Räumen, wo Einem Nachsitzen und andre Höllenstrafen zudiktiert werden können. Es kommt ja fast nie heraus, wer es getan hat.

Drinnen ist es auch nicht viel hübscher. Die großen langweiligen, viereckigen, getünchten Klassenzimmer, hell und kalt am Fenster, heiß und dunkel am Ofen, die engen Schulbänke, auf denen die Jungen sitzen wie in den Block geklemmt zwischen Rückenlehne und Tischklappen, die Füße auf den Trittleisten, das geradbeinige, gelb angestrichene Pult mit dem großen eingelassenen Tintenfaß, an der Wand die schwarze Tafel, und vor derselben, mit der Kreide in der Hand, die Lehrerin, die anschreibt, wer zu spät gekommen. Sie könnte hübsch sein, diese kleine Lehrerin mit der glänzenden braunen Flechtenkrone, wenn sie nicht so blaß wäre und so dunkle Ringe um die grauen Augen hätte. Mit sechzig solcher Burschen fertig zu werden, das gehört nicht zu den stärkenden Beschäftigungen. Vielleicht würde sie nicht mit ihnen fertig, wenn sie nicht noch so jung, so kindlich lachen könnte. Es gibt hier aber doch auch manche Gelegenheit dazu, und jetzt eben verbeißt sie es sich mit Mühe, denn der zur Tür hereinkommt, eine halbe Stunde nach dem Läuten, ist Thedche Bolzen! und er hat schon draußen auf dem Vorplatz gebrüllt, als solle er geschlachtet werden, und er brüllt noch immer und tritt brüllend und mit erhobenem Zeigefinger der rechten Hand an die schwarze Tafel. Da braucht man nicht mehr strenge zu sein, da kann man mit seiner natürlichen Stimme sagen: (und Fräulein Friedas Stimme ist sanft und freundlich) „Sei nur still, Theodor, geh nur zu Platz, ich weiß ja, du kommst sonst nie zu spät; wie ist das denn heute passiert?"

„Mein Papa" – schluchzt der Junge, „mein Papa will sich immer gerade waschen, wenn ich mir waschen will –"

„Mich!" unterbricht das Fräulein mit strenger Miene, unter der es zuckt.

„Und denn is Er immer so nölich[1] und denn muß man um Ihn zu spät kommen," sagte Thedche, und betont das Ihn mit großer Bitterkeit, „und denn weiß er nie, wo seine Strümpfe sind, und denn muß ich sie ihn noch immer suchen, und wie ich mir heute waschen will, da schmeißt er mit seine alten großen Ellbogen die Kumme um, un kaput is sie, un ich muß mir in unsen Milchtopf waschen mit ohne Schnauze an."

Jetzt lachten auch Theodors neunundfünfzig Mitschüler, und Fräulein Frieda mußte laut in die Hände klatschen und eins! zwei! drei! zählen und Ruhe gebieten und den kleinen Bolzen schnell an seinen Platz schicken. Ihre hellen Augen aber wanderten in der Lesestunde mehr als einmal zu dem kleinen mageren verweinten Jungen mit der hochstrebenden rötlichen Nase unter dem zerzausten Strohdach und dem stets erhobenen Zeigefinger. Theodor war der aufmerksamste Schüler und er beantwortete auch heute alle an ihn gerichteten Fragen, aber es lag noch immer der Schatten des

1 langsam

erlittenen Unrechts auf dem kleinen bekümmerten Gesicht, und in seiner sonst so sicheren Stimme schluchzte es noch. Während der Frühstückspause drückte er sich an den Wänden hin, wo die Jacken und Tornister hängen, und spielte nicht mit den andern.

Fräulein Frieda aber begrüßt diese Erholungsstunde ungefähr mit derselben Erleichterung, wie ihre Schüler. Es tut so wohl, ruhig auf dem Stuhl sitzen bleiben zu dürfen und die mitgenommenen Butterbröte in die Milch zu „stippen", welche die Kastellanin für sie gewärmt hat. Die Fenster sind offen, und statt der aus Staub und Menschenduft zusammengesetzten Schulatmosphäre dringt die feuchtkalte, aber reine Winterluft herein. Draußen auf dem Fenstersims sitzt sogar ein Sperling, schornsteinfegermäßig schwarz zwar, denn er hat heute nacht in einem Kamin geschlafen, aber seine Stimme, sein aufforderndes „Piep" und dann die Art, wie er mit dem erbeuteten Krümchen flügelschwingend davon fliegt, all das ist solch ein angenehmer Gegensatz zu dem großen Schulgefängnis, in dem sie hier alle eingesperrt sind!

Die ersehnteste Abwechslung aber ist immer ein Besuch aus der Parallelklasse nebenan, wo Friedas Freundin unterrichtet. Man öffnet die Zwischentür, und dann ist man beieinander. Fräulein Karoline, noch schlanker und zerbrechlicher durch die eng anliegende dunkelblaue Trikottaille, in der sie steckt, sieht etwas älter aus als Frieda, hat aber doch auch ein Gesicht, auf dem noch Jugend und Erschöpfung um den Vorrang streiten, und das in jeder Ferienzeit wieder aufblüht. Verstand sich Frieda aufs Lachen, so war der Freundin immer das Weinen näher, aber es galt nicht gerade den Schülern. Wenn man noch jung ist und leben möchte, kann man nicht ganz selbstlos sein. Die Kinder – nun ja, jeden Tag sechs Stunden und mit dem besten Willen, – das heißt, noch besser wäre es, wenn man einen andern Beruf erfinden könnte, der jährlich so viel einbrächte, daß man wohnen, essen und sich kleiden kann.

Frieda erzählte von Thedche Bolzens komischem Mißgeschick, aber Karoline fürchtete, es werde heute an dem Mittagstisch, wo sie speisten, wieder Schellfische geben, wie letzten Mittwoch und vorletzten! Die gewöhnten sich an, jeden Mittwoch Schellfische zu kochen, obgleich sie wohl gesehen, daß nicht alle sie mochten; und Karoline roch sie jetzt schon mit ihrem feinen, spitzen Näschen, die verhaßten Schellfische. Sie konnte nicht darüber lachen, wie die Freundin, – nein – gut genährt muß man sein, woher soll man sonst die Kraft zur Arbeit nehmen? Frieda war ganz einverstanden und sah die arme Karoline betrübt an; der standen wahrhaftig die Tränen in den Augen aus Angst vor den Schellfischen.

Da läutete es, die Pause war vorüber, mit bodenerschütterndem Getrampel kehrten die hundertundzwanzig Beine in die Klasse zurück.

„Fräulein, mein Butterbrot is all wieder aus meine Dose rausgewesen," sagte der Klassenerste, während er an seinen Platz ging.

„Aus meiner Dose," berichtigte die Lehrerin, „hast du es auch ganz gewiß nicht verloren, Walter?"

Der Junge schüttelte den Kopf: „Nee, es is nu all das drittemal," sagte er, „aber es macht nix."

Walter war ihr Liebling. Er hatte einen runden Kopf voll krauser Locken und ein gutes, sorgenloses Kindergesicht, frisch wie ein Apfel. Er hatte immer den reinsten Kragen und das reinste Taschentuch, und ordentlich einen kleinen Winterüberzieher und eine bunte schottische Schleife: er war der Aristokrat hier; Frieda hätte gewünscht, daß ihre ganze Klasse so sauber, so manierlich und so artig wäre. Und wie nobel er den Verlust seines Butterbrotes verschmerzte! Frieda konnte nicht umhin, ihm das Haar zu streicheln. „Ich werde es gleich untersuchen, Walter; du mußt zu Mittag um so mehr essen," tröstete sie ihn.

„Heut mittag gibt es Speckpfannkuchen, ist mir desto lieber," lächelte Walter verständnisvoll und strich sich zärtlich an Fräuleins Ärmel. Er stand mit Fräulein auf einem ganz besondern Fuß, hatte ihr sommerlang jeden Morgen aus dem eigenen Garten ein Sträußchen gebracht, das ihm die Mutter mitgegeben. Sein Vater war Zugführer, und er hatte in den Sommerferien mitfahren dürfen bis nach Mölln, wo er Eulenspiegels Grab gesehen hatte, und von seiner Großmutter, die dort wohnte, mit den weichen Möllnschen Zwiebäcken vollgestopft worden war. Thedche Bolzen quollen die Augen heraus, als ihm Walter von all den Zwiebäcken erzählte. Als er aber prahlerisch hinzufügte, er habe nicht mal alle aufessen können, gab ihm Thedche einen Puff und sagte verächtlich: „Döskopp!" Und Walter erwiderte natürlich den Puff aus dem Gefühl der beleidigten Jungensehre und kam mit beschmutztem Gesicht heim, denn der andre hatte ihn untergekriegt und mit Schnee eingerieben, der schon etwas grausprengelig und „matschig" war. Seitdem ging Walter ihm aus dem Wege, die Mutter hatte es befohlen.

Die dunklen Tage vor Weihnachten, – das ist eine Qual in der Schule! Draußen steht der dicke, schwarzgelbe Nebel vor den Fenstern, und drinnen scheint von den Wänden her eine Finsternis auszugehen, die zugleich unartig und schläfrig macht. Die Zeichenstunde muß ausfallen, dafür gibt es wieder biblische Geschichte, und Frieda kämpft mit ihrer eigenen Müdigkeit und mit der schweren Bibelstelle, die sie den kleinen Dickschädeln einprägen soll. So „unbegreifsam," dies Wort hat Frieda selbst erfunden, sind sie selten gewesen.

„Gott machte Adam aus einem Erdenkloß und blies ihm lebendigen Odem in die Nase, – wiederhole das, August." Und August steht auf, scharrt mit dem Fuß und stotternd ins Leere stierend: „Gott blies Adam in die Nase." „Unsinn!" sagt die Lehrerin, „du, Cäsar!"

Eine feine, quieksende Stimme antwortet mit großer Geläufigkeit: „Gott blies Odem einen lebendigen Adam in die Nase." Das Fräulein wird ganz munter über diese Variationen; „Falsch! nun Theodor, du! du hältst ja schon wieder den Finger hoch."

„Gott machte Odem einen lebendigen Erdenkloß in die Nase," antwortet Thedche Bolzen im Aufsageton, und im Charakter der vertraulichen Mitteilung setzt er hinzu: „ich hab auch mal 'n Jung einen eingesteckt, aber keinen lebendigen, bloß man 'n ganz gewöhnlichen."

„Pfui, Theodor, das magst du noch sagen?" ruft die Lehrerin entrüstet, aber die Klasse ist wenigstens aufgewacht, denn alle lachen.

Sie wiederholt den Satz noch einmal, aber es hilft nicht. Die Antworten taumeln fortwährend zwischen Adam und Odem umher, und es will nichts in die harten Köpfe, als der Erdenkloß, den sie nach Theodor Bolzens bösem Beispiel immer wieder mit der Nase in einen ärgerlichen Zusammenhang bringen. Und plötzlich gibt Emil Würger, der seinen dicken schmutzigen Finger schon seit einer Weile hoch über seinem Kopf reckt, die unvermutete Antwort ab:

„Thedche Bolzen kaut."

„Ein schlechtes Zeichen fürs Angeben!" ruft das Fräulein mit einem drohenden Blick auf den stumpfsinnigen Burschen, der seine Augen nie bei der Lehrerin, seine Gedanken nie bei der Sache hat, aber eine merkwürdige Gabe besitzt, Ungehörigkeiten zu entdecken.

„Was ißt du, Theodor?"

„Ich eß nich," brummt der Kleine vorwurfsvoll und nimmt ein schwarzes Klümpchen zwischen den Zähnen heraus, um es mit den Fingern hochzuhalten, „ich krieg ja all die ganse Woche nix mit, – is bloß 'n büschen Kaugummi."

„Thedche Bolzen lügt," sagt Emil Würger, „er hat heute doch Brot gehabt."

„Ich hab aber nix mitgekriegt," über die schmalen Backen fliegt ein helles Rot; er kneift die Augen zu und zieht die Mundwinkel herunter.

„Woher hattest du denn das Butterbrot, Theodor?“ sagt das Fräulein aufmerksam und strengen Tones, „komm mal heraus aus der Bank da, komm mal hierher ans Pult, sieh mich mal an, hörst du?“

Mit schlotternden Knieen kommt er heran, die dünnen Händchen vor den Augen, während er heftig an dem wiedereingesteckten Gummi kaut.

„Du weißt, daß seit acht Tagen immer Klage darüber ist, daß Butterbrot aus den Dosen verschwindet?“ fragt ihn Frieda. Der Junge nickt. „Und ich hab euch jeden Tag gefragt, ob es einer von der Klasse gewesen ist!“ Theodor nickte wieder.

„Weißt du nicht, daß es sehr schlecht ist, jemand etwas wegzunehmen?“

Der Kleine drückte die Finger noch fester in die Augen. „Alle Jungens kriegen was mit, bloß ich nicht,“ weinte er.

„Warum denn nicht?“

„Weil mein Papa selber nix hat, weil wir diese Woche Miete bezahlen müssen.“

„Warum bist du nicht zu mir gekommen und hast gesagt: Fräulein, ich hab das Butterbrot weggenommen?“ fragte sie mit milderer Stimme.

„Weil ich denn den andren Tag wieder nix gehabt hätte,“ brachte er schluchzend heraus.

Frieda sah ihn kummervoll an, ihre glänzenden Augen liefen plötzlich über.

Emil Würger hielt den Finger in die Höhe und sagte, ohne die Erlaubnis zu sprechen abzuwarten, in seinem gewöhnlichen Angeberton: „Fräulein weint.“

„Ein Kind aus meiner Klasse, das etwas wegnimmt, o es ist schrecklich!“ rief die Lehrerin, und nun weinte sie wirklich, aber noch lauter schrie der kleine Sünder: „Nich wieder tun! nich wieder tun!“ so daß sich die Zwischentür öffnete, und Fräulein Karoline mit erstaunten Blicken und einem großen Tafelschwamm in der Hand auf der Schwelle erschien. Sie sah aus, als wolle sie alle Unordnung hier auf einmal wegwischen. Sie brachte auch die Klasse wieder in Ruhe, sie verstand das viel besser, als ihre weichere Freundin, und riet ihr, den Thedche Bolzen mindestens zum Alleinsitzen zu verurteilen.

„Wenn so etwas um sich griffe, denke dir, Frieda! Der Jung muß eben die paar Stunden so aushalten, bei mir sind auch einige, die nichts mitbekommen, – geht es uns denn viel besser? mich friert in der dünnen Jacke, daß mir die Zähne klappern, und meine Füße werden überhaupt nicht mehr warm! Leider Gottes hat jeder genug mit sich selber zu tun."

Die beiden nächsten Tage versorgte Frieda den armen Hungrigen selbst mit einem Butterbrot, am dritten aber fand sie ihn, als sie ihn rief, schon in voller Eßarbeit.

„Woher hast du nun das wieder genommen, du böser Junge?" fuhr Karoline ihn an.

„Von Walter Krull! hat Walter Krull mir gegeben!" schrie Theodor, das dicke Schwarzbrot zwischen den Zähnen und die Hand schützend davor, als fürchte er, es möchte ihm da herausgerissen werden. Walter wurde gerufen und bestätigte vergnügt, daß seine Mutter ihm dieses Stück für Thedche Bolzen mitgegeben habe.

„Das ist doch merkwürdig," sagte Karoline, „wie ist denn das so gekommen, Walter?" Walter lehnte sich in Friedas Arm zurück und lächelte: „Gestern hab ich zu mein Mama gesagt, du Mama, Thedche Bolzen hat gar kein Butterbrot mit, seine Eltern haben wohl gar kein Geld, nicht du? und da sagte mein Mama, das wird wohl so sein. Und da frag ich mein Mama, ob wir auch so wenig Geld haben, und da sagt mein Mama, nee, wir haben so viel, daß wir uns ordentlich sattessen können. Und da sag ich, na Mama, denn sei man so gut und gib mir immer zwei Stück mit jeden Tag, ein für mich und ein für Thedche Bolzen, daß er uns nicht immer was wegzustehlen braucht, und da sagt mein Mama ja, und da hab ich es ihm heute mitgebracht." Er schüttelte lustig seinen hübschen Lockenkopf und sprang davon; er hörte kaum darauf, wie ihm die zwei Fräulein nachriefen: „Das war recht, Walter." Er hatte einen neuen Ball bekommen heute, den er hatte zur Schule mitnehmen dürfen, und von dem sein Herz voll war.

Kinder ahmen alles nach, auch das Gute zum Glück. Nach ein paar Tagen stand Thedche Bolzen während der Frühstückspause da, wie ein Bäckerjunge ohne Körbe, – Hände, Taschen, Ränzel, alles war voll von Butterbröten, die ihm freiwillig geschenkt worden waren. Frieda erzählte in der wöchentlichen Konferenz mit Stolz von dem guten Geist ihrer Klasse, und Thedche Bolzen, dessen Backen sich tatsächlich zu färben und zu runden begannen, wurde zu einer Merkwürdigkeit mit seiner Brotladung, die er in der Pause nicht bewältigen konnte, sondern zur größeren Hälfte daheim verzehrte. Besonders die jungen Lehrer, die Kollegen der beiden Fräulein, machten oft Besuche in der Elementarklasse, um ihn zu sehen, wie er so dastand mit ausgespreiztem Jackenzipfel, auf dem die Rundstücke kaum Platz hatten. Daß die Besucher daneben auch die beiden freundlichen Schäferinnen der kleinen Herde in Augenschein nahmen, kann ihnen niemand verdenken. Da war besonders einer, der gern kam und gern gesehen wurde. –

Weihnachtsferien in Sicht – Jubelwort für Schüler und Lehrer! Und kann man nicht nach Hause reisen, – wenn man eine Freundin hat, da ist's auch in der Fremde gemütlich, zumal, wenn diese Fremde das gute alte Hamburg ist. Frieda hatte Karoline zum Dableiben bestimmt; es war fast unmöglich, so zur Winterszeit die Insel Pelworm zu erreichen, die ihre Heimat war; und da die beiden eine Wohnung inne hatten, so suchten sie dem düstern, wenn auch geräumigen Wohnzimmer einigen Festglanz zu verleihen. Frieda stand allein; sie war elternlos, die Brüder verheiratet, aber sie brachte in alle Räume eine Art von Familienhaftigkeit. Natürlich mußten sie einen Tannenbaum haben und Körbchen daran von rosa und weißem Seidenpapier, und hinter den Spiegel mußten Tannenzweige gesteckt werden; und ein Rezept für braune Kuchen von ihrer Großmutter her war auch noch da; die Wirtin erlaubte schon, daß man sich hie und da ihrer Küche bediente.

Sie saßen beieinander auf dem kleinen knochigen Sofa und besprachen diese Dinge, während sie Nüsse vergoldeten. Die Nüsse gehörten zu der Weihnachtskiste für Karolinens Eltern und Geschwister, bei denen sie die Sommerferien verbracht hatten.

„Wär es man erst wieder Sommer, nicht Frieda?“ sagte Karoline.

„Sollst seh'n, dies Jahr kommst du nicht nach Pelworm,“ meinte Frieda mit Betonung.

„Warum denn das nicht?“

„Weil Er dich nicht wegläßt!“

„Wer er? ach Frieda, du bist komisch!“ und Karoline roch an ihrer Nuß, so daß ihre Nasenspitze auch ganz vergoldet wurde, dann sagte sie:

„Du Frieda, neulich hab ich bei ihm hospitiert, das heißt, ich saß im Konferenzzimmer neben seiner Klasse, aber er hat mich nicht gesehen, obgleich die Tür offen war.“

„Wieder so schön?“ fragte die Freundin gespannt. Karoline schlug die Augen zur Decke empor.

„Eine Weltgeschichtsstunde, ich sag dir, himmlisch!“

„Na siehst du wohl, na siehst du wohl!“ rief Frieda eifrig, „und Bücher schreibt er auch, zwei Bände ‚für die Jugend!‘ Du kannst wohl lachen, meine kleine Karo.“

„Ja, was hilft mir das,“ erwiderte Karoline niedergeschlagen, „was macht er sich aus mir?“

„Na wart man, er wird wohl bald ankommen,“ tröstete Frieda.

Karolinens blasses Gesicht hatte sich während dieses anregenden Gespräches gerötet und belebt.

„Du," sagte sie plötzlich mit ungewohnter Weichheit, die Hand mit der Nuß um ihre Freundin schlingend; „wie schade, daß er keinen Bruder hat."

„Man nicht für mich!" sprudelte Frieda heraus, und fügte mit einem langen komischen Seufzer hinzu:

„Nein, mein Karo, ich krieg nu keinen mehr ab, das hab ich aufgegeben ich werd 'n alte Jungfer mit so-o-n langen Strickbeutel und so-o-n dicken Mops!" Und sie hüpfte auf dem Sofa auf und nieder, daß es krachte und alle Nüsse unter den Tisch rollten und zeigte fortwährend, wie lang der Strickbeutel, und wie dick der Mops sein sollte, bis Karoline scheltend und lachend ausrief: „Du hast ganz recht, so'n Gör kann sich gar nicht verheiraten," während sie die Nüsse wieder aufsammelte. –

Und nun ist er da, der Weihnachtsabend. „Es wird schon dunkel um und um, der Pelzemärtel geht herum und sucht nun auf die Kinder." Und die Großen ebenfalls. Im Wohnzimmer der beiden Lehrerinnen ist es wirklich behaglich. Der kleine Tannenbaum übervoll behängt auf dem weißgedeckten Seitentischchen, in der Ofenkasse der summende Teekessel, und der warme Glutschein auf dem Fußboden; die Lampe brennt noch nicht. Frieda legt die Kuchen auf den Teller und ruft fortwährend: „aber bitte Karoline, du verdirbst dir ja die Augen! was prökst[2] du denn noch immer?"

„Gleich, gleich, noch ein paar Stiche!"

„Du, Karo, wollen wir nicht ein bißchen ausgehen?"

„Ausgehen?" Karoline fährt förmlich zusammen bei der Zumutung. „Es prasselt ja ordentlich an die Fenster, Schnee und Regen durcheinander, hörst es nicht?"

„So laß uns wenigstens kein Licht anstecken, dann sehen wir gegenüber die Tannenbäume brennen."

Frieda schob sich mit ihrem Stuhl neben die Freundin, und so umschlungen sahen sie in träumerischem Dämmern

2 stichelst

durch die nur halb klaren Scheiben die gebrochenen Lichter in den Häusern gegenüber, und wie nacheinander in allen Stockwerken die Lichterbäumchen aufflammten.

„So, jetzt müssen wir aber wirklich Kaffee machen, der Kessel kocht ja aus," sagte Karoline aufstehend und die behagliche Trägheit von sich schüttelnd, „ich glaube, du könntest hier jawohl den ganzen Abend sitzen und glupen[3]."

„Mir ist immer, als müßte noch jemand kommen," meinte Frieda mit halbzugedrückten Lidern und schläfriger Stimme.

„Kommen? ach was, wer sollte wohl kommen! zünde lieber die Lichter an! Der Kaffee wird gleich fertig sein."

„Mach mal die Augen zu, Karo", rief nun Frieda ganz munter, „ich muß etwas da untern Tannenbaum legen, aber nicht spiekern, hörst du wohl?"

Der Kaffee dampfte in den netten rosenbestreuten Täßchen; die getrockneten Blumen des Lampenschirms schimmerten wie lebende; die kleinen Weihnachtslichter leuchteten mit ihrer äußersten Kraft und setzten gleich zwei Seidenpapierkörbchen in Brand, die von Karoline mit Gekreisch gelöscht wurden. Die neugeschenkten Schleifen prangten um den Hals und in den Haaren der beiden, und die Schürze, an der Karoline noch bis zuletzt gestickt hatte, wurde von allen Seiten besehen und bewundert. An die Fenster rieselte der nasse Schnee, und eine klägliche Stimme plärrte draußen:

„Wir wünschen dem Herrn einen goldenen Tisch,
An allen vier Ecken 'n gebratenen Fisch" –

„Schade, daß wir heute keinen Karpfen haben," sagte Karoline.

„Aber doch Beefsteak," tröstete die andre, „freust du dich über den Storm?"

„Oh, schrecklich!" erwiderte Karoline, in dem zierlich gebundenen Buche blätternd, „wenn sie nur nicht alle so

3 starren

furchtbar traurig endigen, – kriegen sie sich? Herrgott, hört das Gejaul da draußen denn gar nicht auf?"

„Wir wünschen der Tochter 'n Bräutigam"

sang es draußen in jammervollen Tönen. Frieda lachte anzüglich, Karoline schalt, um sie abzuwehren, auf diese Art von Bettelei.

„Ich will ihnen ein paar Pfennige geben," sagte Frieda und riß die Tür auf, prallte aber sogleich zurück und schrie: „Karo, Karo, es ist Thedche Bolzen!"

Hatte der nasse zerlumpte kleine Bursche eine Ahnung gehabt, vor wessen Tür er seinen Weihnachtsgesang herunterleierte? Gewiß nicht! es bedurfte nicht Karolinens Ausrufs: „Ein Kind aus unsrer Schule!" Sobald er nur die Gesichter erkannt, floh er in zitternden Sprüngen an die Treppe zurück. Aber Frieda lief ihm nach und ergriff ihn an dem dünnen Ärmchen. „Komm herein, Theodor," sagte sie betrübt und sanft. „Das ist ja schrecklich! wir wollen dir ein Stück Kuchen geben." Karoline warf ihm, als er sich hereinziehen ließ, hastig eine Strohmatte vor die Füße: „Da stell dich drauf!"

Er hatte die Mütze noch auf dem Kopf, eine jener drolligen Mützen, die eine Art Visier vor Mund und Kinn bilden und nur Augen und Nase frei lassen. Gegen diese reichliche, obwohl auch triefende Kopfbedeckung stach die schmutzfarbene, kurzärmelige Jacke und die zerlumpte Hose betrüblich ab. Ein paar Holzpantoffeln hingen klappernd und weit an den mageren Füßen. Unter dem Mützenvisier starrten die Augen furchtsam und verwunderungsvoll auf die Lichterpracht ringsum.

„Da setz dich hin, kriegst 'ne Tasse Kaffee," sagte Karoline noch immer voller Schrecken. „Warum tust du so was, Junge?"

Thedche Bolzen knöpfte sich die Mütze ab und legte sie auf den Boden, nahm sie aber gleich wieder auf und blickte reuevoll auf den nassen Fleck, den sie dort verursacht hatte.

„Weil nu Ferien sind," sagte er.

„Ferien? Kann man die nicht besser anwenden?" Karoline vermochte es nicht, im Verkehr mit Schülern etwas andres als Lehrerin zu sein.

„Weil ich nu kein Butterbrot mehr mitgebracht krieg", sagte Thedche ruhig.

„Gibt dir denn dein Vater nichts?" rief Frieda mitleidig.

„Ja, jeden Tag 'n büschen, aber, da werd ich nicht satt von."

„Was ist dein Vater?"

„Er arbeit' in die Zuckerfabrik."

„Kann denn deine Mutter nichts mit zuverdienen?" fragte Karoline.

Der Junge verzog den Mund zum Weinen: „Sie is uns ausgekratzt, sagt mein Papa."

Die beiden Mädchen sahen sich an.

„Warum denn das," rief Karoline neugierig.

„Sie hat 'n andern g'hatt, un mit den is sie uns ausgekratzt."

Karoline räusperte sich heftig. Frieda strich ihm über das nasse Haar. „Da, trink den warmen Kaffee, Theodor, kriegst auch noch ein Stück Kuchen, wenn du dies aufhast."

Der Kleine sah mit einem verwunderten Blick auf die liebkosende Hand, dann begann er so eifrig zu kauen, daß er dunkelrot wurde und sich verschluckte. „Laß dir Zeit," ermahnte Frieda, „du bist wohl ganz naß?"

Der Kleine sah mit gewissenhaft prüfenden Blicken an sich herunter, steckte die Hand in seinen Ärmel, dann in sein Hosenbein und sagte: „bloß auf'n Rücken nich."

„Na, das ist eine nette Einquartierung," lächelte Karoline, „ich will mal unsre Hauswirtin fragen, die hat ja einen Jungen in seinem Alter."

„Nicht wahr?" sagte Frieda eifrig, „man kann ihn doch unmöglich so wieder wegschicken! Theodor, weiß dein Papa, wo du bist?"

Der Kleine schüttelte den Kopf.

„Da wird er dich aber suchen?"

Der Kleine schüttelte wieder.

„Ist er böse mit dir?" fragte Frieda, von Mitleid ergriffen. Abermaliges Kopfschütteln.

„Er hat mir bloß erst zweimal durchgeneit[4]."

„Warum denn, Theodor?"

„Einmal, weil ich seine Kartoffeln aufgegessen hatt, die er sich aufbewahrt hatt, un einmal, weil ich sein Hemd angezogen hatt." – Thedche lächelte.

„Sein Hemd? Aber das war dir ja auch viel zu groß, Theodor!"

„In'n Bett is es einerlei; er nimmt immer die ganze Decke, un ich kann nackend liegen; da hab ich sein Hemd angezogen, was er eben ausgezogen hatt und wickel mir da'rein, aber morgens, als ich noch schlaf, miteins neit er mir durch[5] un reißt mich das Hemd wieder ab."

Unter dem brennenden Tannenbaum ward der kleine Proletarier entkleidet, gewaschen und in die trockenen, zu eng gewordenen Kleider des kleinen Haussohnes gesteckt. In dieser Verwandlung sah er aus, wie ein hübsches, zartes Kind, nur war der Gesichtsausdruck sorgenvoll und vernünftig über seine Jahre.

„Möchtest du wohl fort von deinem Papa?" sagte Frieda, in deren Kopfe sich der Wunsch, zu helfen, mit fast schmerzhafter Lebhaftigkeit bewegte.

„Wenn ich groß bin, kann ich mir verheiraten," erwiderte Thedche nachdenklich. Die Mädchen lachten, nun lachte er auch.

„Darf ich Fräulein heiraten, wenn ich groß bin?" sagte er bittend. Die beiden lachten noch stärker, besonders Karoline. „Warum denn, Theodor?" fragte sie, sein Kinn hochhebend.

---

4 durchgeprügelt

5 Prügelt mich durch

„Weil es hier bei Fräulein so schön is, und weil man bei Fräulein so schön viel zu essen kriegt."

„Lieber Gott," rief Karoline, „das steckt jetzt schon drin, wenn sie nur so groß sind!" Und sie begann mit einer Art Entrüstung dem kleinen Jungen zu erklären, daß ein Mann erst viel Geld haben müsse, um seine Frau ernähren zu können, eher dürfe er sich nicht verheiraten. Thedche hörte mit offenem Munde zu. Plötzlich rief er: „Denn is meine Mama uns wohl darum ausgekratzt?" und er begann zu schluchzen und zu weinen, daß die Tränen über Friedas Hand liefen.

„Weinst du um deine Mama?" flüsterte Frieda liebkosend. Der Kleine schüttelte heftig den Kopf. „Warum denn? sag mir's doch, Theodor."

„Weil ich mir nicht verheiraten soll," heulte Thedche zum Erbarmen. Dann, als ihn Frieda neben sich aufs Sofa setzte und an sich lehnte, hörte er allmählich auf; langsam glättete sich das kummerverzogene Gesicht, und dann war er auf einmal eingeschlafen, betäubt von der ungewohnten Wärme.

„Ein sonderbarer Weihnachtsabend," sagte Karoline, und ihr Auge hing an den letzten verglimmenden Weihnachtslichtern. „Aber was sollen wir mit ihm anfangen?"

Sie brach ab und horchte auf: „Es hat geklopft, hast du's nicht auch gehört, Frieda? Da wieder: herein! O Gott, Herr Olbrich" –

Und herein trat ein junger Mann von blühender Gesichtsfarbe und mit schwarzem, etwas gesträubtem Haar. Ein Duft von Maiblumen und Veilchen verbreitete sich von dem Strauße her, den er samt dem Hute in der Hand hielt.

„Ich sah Ihren Weihnachtsbaum brennen, Fräulein, und da hab ich mir erlaubt – es ist allerdings schon etwas spät" – stotterte er, an der Tür stehen bleibend, – „verzeihen Sie, aber meine Brille ist derartig beschlagen" – Er stellte den Hut auf die Erde, legte den Strauß darauf, nahm die Brille ab, ging dann in dem Gefühl, daß er sich lächerlich mache, einige Schritte vorwärts, stammelte: „Wenn ich vielleicht dies mit zur Verherrlichung Ihres allerliebsten Weihnachtstisches“ – – und legte die Brille auf den Tisch. Dann ging er zu seinem Hut zurück, sah mit äußerstem Erstaunen den Strauß noch darauf liegen und überreichte ihn mit einer schnellen Eingebung Fräulein Karoline, die rot übergossen dastand und vor Verlegenheit nicht einmal gelächelt hatte. Während sie sich so gegenüber standen, tastete er mit der Hand auf dem Tische umher nach seiner Brille und fühlte sie sich zugeschoben. Hastig setzte er sie auf und erblickte auf dem Sofa Fräulein Frieda und das schlafende Kind. Das Eis war gebrochen.

„Thedche Bolzen,“ rief er im ungezwungenen Ton heiterster Überraschung. Nun hatte er auch auf einmal einen Stuhl, und die beiden Kolleginnen ihm gegenüber fanden gleichfalls Worte, und daß die Unterhaltung mit Rücksicht auf den schlafenden Kleinen in etwas gedämpften Tönen geführt werden mußte, gab ihr einen harmlosen und doch reizenden Anstrich von Vertraulichkeit. Olbrich hatte es zum ersten Male gewagt, die beiden Damen aufzusuchen, und wer weiß, wie kurz der Besuch ausgefallen wäre ohne das ausgiebige und bewegliche Thema: „Thedche Bolzen“.

Als Karoline auf einen Augenblick das Zimmer verließ, flüsterte Olbrich verrtrauensselig: „Helfen Sie mir bei unsrer Freundin, Fräulein Frieda, darf ich mir Hoffnung machen?“

Frieda überflog mit einem Schelmenblick sein gespanntes Gesicht und die festliche, himmelblaue Krawatte.

„Leider ist Ihnen schon einer zuvorgekommen,“ erwiderte sie, die Augen niederschlagend. Da trat Karoline wieder ein. Olbrichs Gesicht war ganz verändert; das charaktervolle Kinn, das ihr so gut an ihm gefiel, tief in die himmelblaue Krawatte versenkt, die Züge von Betroffenheit überschattet, stand er da, den Hut in der Hand drehend.

„Sie wollen schon wieder gehen?“

„Ich muß – leider –“ sagte er, die Augen abwendend. „Ich habe soeben – eine recht – traurige Nachricht bekommen.“

„Eine traurige Nachricht? – hier?“ Karoline sah sich erschrocken im ganzen Zimmer um. „Weißt du etwas davon, Frieda?“ Aus Friedas Augen sprühte die Necklust.

„Sind Sie denn gar nicht begierig, zu wissen, wie er heißt?“

Karoline blickte verständnislos von einem zum andern.

„O, Sie haben gescherzt!“ rief Olbrich aufmerksam und erleichtert. „Wer ist mir zuvorgekommen? Es ist doch nicht etwa gar –“ fragte er ihrem Blicke folgend.

„Thedche Bolzen!“ fiel Frieda mit pathetischem Kopfnicken ein.

Olbrich brach in ein lautes, herzliches Lachen aus. „Das müssen Sie mir erzählen“, sagte er, seinen Stuhl eilig wieder heranziehend.

„Wenn Sie morgen, wie Sie versprochen, zu seinem Vater gehen,“ erwiderte Karoline.

„Und wenn wir es durchsetzen, daß er ins Waisenhaus kommt –“

Olbrich hielt ihr schnell mit einem vielsagenden Blick die Hand hin: „Dann –?“

„Ja!“ sagte sie ganz leise und legte ihre Hand in die seine.

Die Liebe ist gerettet

Er hatte sehr früh geheiratet, aus Eigensinn mehr denn aus Liebe; zu früh und unglücklich, das sagte er sich selbst schon nach einigen Jahren. Aber er sagte es ganz leise. Was konnte sie dafür, daß Frauen so schnell altern, geistig, daß ihr Wachstum überraschend bald aufhört, und daß sie dann, ein armselig Zwitterding, durchs Leben gehen? Kindisch in allen höchsten Dingen; ganz kalter Weltverstand, sobald der Mann an ihrer Seite einen Schwung wagen möchte. – Er fühlte, daß er weiterwachsen mußte seiner Natur nach, und daß sie es ihm erschwerte, und seine Augen wurden schwach über dem Anblick der eisernen Pflicht, sie fingen an, hinauszuspähen, zu suchen.

In einem großen Schmerz, der ihn betroffen, als Pflegerin, Trösterin, hätte die erstarrte Seele seiner Gattin vielleicht wieder weich und flüssig werden können; aber die Probe blieb erspart, es ging Jahr auf Jahr weiter ohne besonderes Unglück. Es waren auch keine Kinder da, die durch ihr Leben oder Sterben ein Bindeglied gebildet hätten.

So blieb es bei jenem gefährlichen Suchen. Das Schicksal war ihm gnädig oder – grausam; es führte ihm ein Mädchen in den Weg, das gerade Widerspiel seiner Gattin, voll Leben und Saft. Er sträubte sich nicht einen Augenblick, stürzte sich mit aller zusammengesparten Glut auf das Glücksgeschenk, bediente sich aller Mittel, edler und ruchloser, um ihre Liebe zu gewinnen. Es gelang ihm, sie gehörte ihm, er hielt sich für den glücklichsten Menschen.

Daß die Geliebte ein ganzer Mensch war und darum auch ihn ganz verlangte, daß sie ihn mit Gram und Abscheu in der

Lüge leben sah, lernte er erst durch ihre Worte erkennen; ja, erst als Jahre vergangen und er die Neigung der Geliebten erkalten fühlte, durchzuckte ihn der Gedanke, daß etwas geschehen, daß er sich befreien müsse. Diese Gewißheit verließ ihn nicht mehr, aber sie ward zu einem Alp, der ihm Tag und Nacht auf die Brust drückte. Er fand die Worte nicht, seiner Gattin, die ihn mit ihren schwarzen Augen so klug und ruhig ansah, wenn er ihr aus alter Gewohnheit die Hand küßte, – seiner Gattin, die er selbst gewählt, die er zu schützen und zu stützen versprochen (und die seinen Schutz auch täglich beanspruchte, wenn sie ins Theater ging oder spät aus einer Gesellschaft heimkam!) so plötzlich zu erklären, daß er jetzt eine andre heiraten müsse, und daß zwischen ihnen alles zu Ende sei. „Was ‚Collage'"! rief er und schleuderte den französischen Roman, in dem er gelesen, auf den Boden, „die Ehe ist der wahre Collage! Wer mir das gesagt hätte, als ich so leicht hineinging!„" Und er vergrub seinen Kopf in die Sofakissen und schloß die Augen mit dem Wunsche, sie nie wieder aufzutun.

Um so wacher war seine Frau, sie beobachtete ihn eifersüchtig und scharf. Er hatte die Absicht gehabt, sich allmählich immer weiter von ihr zurückzuziehen, damit ihr der letzte Ruck nicht so wehe tue; aber sie ging ihm immer um soviel nach, als er ihr auswich, und so blieb die Entfernung doch die gleiche. Heute hatte sie ihn fast liebreich angesehen und gesagt: „Du arbeitest zu viel, schreibst immer bis tief in die Nacht; ich denke, du bist recht blaß, wollen wir nicht den Arzt fragen?" Ein roher Mensch würde sie jetzt anschreien, dachte er in Verzweiflung, würde sagen: „du bist mein Unglück, du machst mich krank!" Aber kann denn ich das? Kann ich ihr so antworten, wenn sie mit diesem Blick, diesem Blick aus den ersten Tagen unsrer Ehe mich ansieht? O, wie beneide ich diese rohen Menschen! – Sie entfernte sich von ihm mit einem lauernden Lächeln, achselzuckend über sein Nichtantworten.

Als er allein war, zog er nach vielem ängstlichen Umherschauen einen Brief von der Geliebten hervor; ach, er war schon ein halbes Jahr alt, und sie sagte ihm darin, sie sei es müde; nicht sowohl des Wartens müde, als des Mannes, der solches Warten ertrug. „Alles ist gegen mich verschworen! Ich habe nie Glück gehabt im Leben, soll keins haben!“ seufzte er.

Es klingelte heftig an der Haustür. „Ein neues Unglück!“ dachte er unwillkürlich, aber es war nur die neue Zeitung, die ihm mit solchem Ungestüm ins Haus geschleudert wurde. Er entfaltete sie, las hier und dort, – plötzlich stieß er einen furchtbaren Schrei aus. Frau Sophie trat im selben Augenblick herein; sie war nicht fern gewesen, nur an der Tür des Zimmers, am Schlüsselloch. Ihre Augen hefteten sich argwöhnisch auf das in seinen Händen zitternde Blatt.

„Du hast etwas Unangenehmes erfahren? Hugo, was ist dir?“ fragte sie in dem ihr eigenen Ton des berechtigten Examinators.

„Ach, Sophie, es ist fürchterlich, ich erliege darunter!“ rief er und fuhr mit der Zeitung hinter sich, als wolle er sie verbergen, während seine Augen rot, aber ohne Tränen gerade vor sich hin starrten.

„Laß mich sehen!“ sagte sie und trat fast mit einem Sprung auf ihn zu.

Er versuchte keinen Widerstand mehr. „Ja, warum sollte ich sie dir nicht geben,“ wimmerte er, „warum verstecken? Warum solltest du es nicht wissen, jetzt, wo alles vorbei ist?“

Sie hatte das Blatt hastig aus seiner Hand genommen; dann nach kurzem gespannten Hineinblicken faltete sie es zusammen und legte es auf den Schreibtisch. „Und das erregt dich so?“ sagte sie in kalt verwundertem Ton und blickte auf den trostlos Zusammengesunkenen, der zitterte, als ob ein Fieber ihn schüttele. „Also auch eine von deinen Flammen? Nein, fahre nicht auf! Ich hab es übrigens längst gewußt. All diese Briefe, diese Zusammenkünfte in ästhetischen Gesellschaften, – schade, daß ich sie nie gesehen, es wäre mir doch interessant gewesen! War sie sehr verliebt in dich?“ Und als er gar nicht antwortete: „Nun, du wirst nicht erwarten, daß ich wegen dieses Todesfalls Trauer anlege!“

„Aber ich!“ rief er, und Schweißtropfen standen ihm auf der Stirn, wie er emporfuhr. „Bleibe noch, höre !Ich gehe zu ihrem Begräbnis, nichts soll mich abhalten, auch du nicht!“ Er schrie immer lauter, immer wilder.

„Tue, was du willst,“ sagte sie verächtlich und schlug krachend die Tür zu.

„Und um diese Frau hab ich mein Glück versäumt!“ jammerte der Unglückliche.

Abends ward er vergeblich zum Tee gerufen, das Studierzimmer fand sich leer. „Der gnädige Herr ist noch nicht zurück seit Nachmittag,“ meldete das Mädchen mit jener Horchermiene, welche Dienstboten in Familien annehmen, wo es ‚nicht klappt‘.

Hugo war wie ein Verzweifelnder nach der Wohnung der Toten geeilt. An der Tür empfing ihn die Mutter.

„Lassen Sie mich zu ihr,“ bat er, fast schreiend vor Aufregung, „ich weiche nicht von ihrem Sarge, nichts, niemand soll mich von dort vertreiben!“

Die alte Dame befreite sich hastig von seinen klammernden Händen, und zurücktretend winkte sie ihm mit einem scheuen Blick nach rückwärts. Ihr verweintes Gesicht sah ihn fremd und feindlich an. „Kommen Sie hier herein,“ flüsterte sie, „ich möchte doch nicht, daß noch jetzt das Mädchen – “

Er folgte ihr in ein kleines Vorzimmer, in dem er früher oft gewartet. An den Wänden hingen Bilder und kleiner Zimmerschmuck, den er ihr geschenkt. „Ach, was sollen jetzt noch diese Rücksichten?“ murmelte er.

Die Mutter trat dicht auf ihn zu. „Sie hatten freilich nie Rücksichten für die Tote,“ sagte sie hart und bitter, „Sie haben meine Tochter unglücklich gemacht, Sie sollen sie nicht noch im Tode beschimpfen! Gehen Sie mit Ihrem Kummer, den die Leute nicht verstehen! Sie, ein verheirateter Mann! Schämen Sie sich! So, das war es, was ich Ihnen sagen wollte." Sie öffnete die Tür vor ihm und zeigte hinaus.

„Ich habe sie tief und heiß geliebt," schluchzte er und wollte auf die Knie sinken. Aber in dem gramvollen Gesicht vor ihm stand derselbe unerbittliche Zug, den er beim letzten Abschied im Antlitz der Geliebten gesehen, und die Augen zeigten streng und stumm nach der Haustür.

„Ich hätte doch wohl Rechte", murmelte er hinauswankend.

„Kein Recht, kein Recht!" tönte es in hartem Flüstern ihm nach.

Nein, keines! Sie sprach wahr.

Er wanderte mit müden Schritten vor dem Hause auf und ab, bis es dunkel wurde. Zuweilen sah er nach dem Fenster oben hinauf, dem offenen, mit dem heruntergelassenen Vorhang.

Die Leute fingen an, ihn zu betrachten, Ladendiener und Mädchen, die vor ihren Haustüren standen, zeigten ihn einander, und eine der kokett geputzten Verkäuferinnen stieß ihn absichtlich mit dem Ellbogen, als er wieder vorüberkam. Aber er sah sie nicht einmal an, ging wie ohne Besinnung.

Zuletzt mußte er stehen bleiben, weil ein Laternenanzünder mit Leiter und Lämpchen ihm den Weg versperrte. Im Licht der nun brennenden Laterne sah er an einer Hauswand einen Mietzettel hängen; es war gerade jener Wohnung gegenüber. Ohne Besinnen stieg er die Treppe hinauf, klingelte und verlangte ein Zimmer zu mieten. Da er das Geld für einige Monate voraus gleich auf den Tisch legte, so war die Sache schnell abgemacht, und die Vermieterin ließ den stummen, blassen Herrn, der Lampe und Nachtessen abwies, ohne weiteres ‚einziehen'. Er setzte sich ans Fenster und starrte hinüber, bis jedes Licht in der Straße erlosch; und dann kam der späte Mond und warf seine traurigen Strahlen auf jenen Vorhang drüben. Im Stuhle sitzend, verfiel er endlich in einen unruhigen, unerquicklichen Halbtraum; der erste Morgenstrahl erweckte ihn daraus, und teilnahmslos beobachtete er das Erwachen der Straße, er sah Kränze in jenes Haus tragen und schwarzgekleidete Frauen ein- und ausgehen.

Und abends kamen zwei Träger mit dem leeren Sarge; die Gaslaterne schien auf das Metallschild, daß er fast ihren Namen lesen konnte. Als er das gesehen, warf er sich in den Kleidern aufs Bett, versteckte den Kopf und schlief vor Mattigkeit und Übermüdung tief und traumlos ein.

Früh am andern Tage schreckte ihn ein lautes, heftiges Gespräch aus dem sonderbaren lähmungsartigen Zustande, in dem er sich befand.

Ohne Anklopfen ward die Tür geöffnet, und seine Frau trat herein.

Sie sah etwas erhitzt aus, sonst wie immer, aber ihre Stimme war fast unkenntlich, als sie ihm entgegenrief: „Ich verlange zu wissen, was das zu bedeuten hat!"

Er setzte sich aufrecht und biß die Zähne zusammen. Dann holte er tief Atem und begann: „Es ist mir jetzt klar geworden, Sophie, klar geworden, daß es so nicht fortgehen kann zwischen uns – –"

„Komm nach Haus und rede dort!" rief sie aufbrausend, „es ist nicht nötig, daß die hier dich hören."

„Nein," sagte er, den Kopf schüttelnd, „nicht nach Haus, wir haben ja auch längst keins mehr –"

Sie war bleich geworden, die Empörung erstickte ihre Stimme. „Hast du vergessen, daß wir – fast zwanzig Jahre verheiratet sind?" brachte sie rauh und stoßweise hervor.

„Entsetzlich, entsetzlich!" schrie er. „Zwanzig Jahre! Warum erinnerst du mich daran! Und ich hätte glücklich sein können!" Sein Kopf sank auf die Brust, Tränen liefen ihm über die Wangen.

Sie rüttelte ihn am Arm. „Ist dein Verstand verwirrt? Hat dich der Tod jener Person toll gemacht? Weißt du, daß ich deine Frau bin, und daß du mir gehörst nach Pflicht und Gesetz?“

„O,“ sagte er, „ich habe sie geliebt und hätte bei ihr bleiben sollen, das war meine Pflicht, die ich verkannte, verkannte! Aber“ – und sein Gesicht leuchtete auf im Feuer eines plötzlichen Entschlusses – „es ist noch nicht zu spät! Jetzt tue ich, was ich längst hätte tun sollen, – ich lasse mich von dir scheiden, um ganz ihr zu gehören, ihr allein!“

Und wie erhoben von seiner eigenen, tapferen Offenheit holte er tief Atem und sah die Frau stolz und fast freundlich an.

„Es ist einfach toll,“ sagte sie außer sich vor Zorn und doch halb zum Lachen geneigt, „vollkommen toll und unsinnig! Sie ist ja tot!“ schrie sie ihm ins Gesicht, „was soll das jetzt? Wozu der Skandal? Bedenke doch – –“

„Es geschieht, was muß,“ rief er, ihre Hand abwehrend, „nicht eine Stunde mehr könnt ich mit dir leben.“ Und als sie ihn immer noch halb ungläubig ansah, fügte er in sanfterem Tone hinzu: „Ja, sie ist tot, aber die Liebe, verstehst du? die – Lie – be!“

Er sprach ihr das Wort vor, langgezogen, eindringlich, als habe sie es noch nie gehört; das Spottlächeln erstarb ihr auf den Lippen. – Plötzlich bemerkte er, daß drüben auf der Straße der Trauerzug sich in Bewegung setzte. Er ergriff seinen Hut und eilte ohne ein weiteres Wort, ohne Gruß an ihr vorbei und zur Tür hinaus, um sich den Leidtragenden anzuschließen.

»Uns' Ida«

Die holsteinischen sind doch immer die besten. Die böhmischen mögen wohl auch gut sein, aber es sind so viele Spiegelkarpfen darunter, und da fällt das Absaugen der Schuppen beinah weg; und nun gar bei den Lederkarpfen, die so eine Art zähen Felles haben! Und dann müssen auch diese Böhmen so lange unterwegs sein, bis sie herkommen, und zuweilen wird das Wasser in den Fässern lau, dann leidet der Geschmack der Fische darunter; oder es gefriert, und dann stirbt gar einer oder der andre ab. Der branntweingetränkte Bissen Brot im Munde erhält sie nicht immer am Leben, durchaus nicht. Nein, bei den Holsteinern ist man seiner Ware sicherer. Johann Christian Wobbe führte nur Holsteiner, bezog sie vom Dieksee, wie alle seine Kunden oft von ihm gehört hatten. Es ist notwendig, daß man sich auf einen Geschäftsmann verlassen könne. Auf Johann Christian Wobbe konnte man sich verlassen, das war gewiß. Wie er so in seinem weitläufigen Keller stand mit den zehn viereckigen rotlackierten Wasserbehältern, in die fortwährend frischer Zufluß rieselte, während es unten ebenso tropfenweise wieder abfloß, sah er in seiner breiten weißen Schürze und der Schirmmütze, mit den roten Backen und den blauen Augen wie die Zuverlässigkeit selber aus. Es war etwas Rundliches, Behäbiges, nicht nur in seinem Gesicht, sogar in seinen Bewegungen, wie er einen großen zappelnden Karpfen aus dem Bassin nahm und mit einer Art behutsamer Zärtlichkeit in die Wagschale legte. „Un wenn Madame ihn lieber gleich tot haben will, denn will ich ihn auf'n Kopf schlagen, aber ich leg da en Tuch über, daß

Madam das nich so sieht, denn welche sagen, daß ihnen der Appetit vergeht, wenn sie das sehn. Mir? Nee, Madam, ich weiß da nix von, das is allens Gewohnheit; un wenn man das genau nimmt, – sie sünd ja mal dazu da, nich Madam? Dafür sünd ja die Karpfen in die Welt, daß wir sie uns zu Sylvester, will ich mal sagen, oder zu andern Gelegenheiten gut schmecken lassen. Süh so, Madam, – nee, er lebt nich wieder auf, – un durchlecken tut das auch nich, is gut eingewickelt; – auch gleich 'n Stange Meerrettig? Haben Sie all? so, hätten Sie bei mir auch kriegen können, wär ein dohnt[6] gewesen, – adjüs Madam, un 'n recht vergnügtes neues Jahr, und beehren Sie mich bald wieder."

Die Frau zog ihr Geldtäschchen und zahlte. „Bloß 'n büschen teuer is unser Herr Wobbe," sagte sie, ihm mit dem Finger drohend, „noch immer so wie vorig Jahr. Bei Bornemann gradüber kosten sie diesmal schon zehn Pfennig weniger das Pfund."

„Madam, was ich Ihnen gesagt hab! denn sünd das keine Holsteiner! das is all zusammengekauften Kram, was sich so Angro nennt! Karpfen Angro, nu bitt ich Ihnen bloß!" Wobbes ganzes Gesicht drückte Widerwillen und Verachtung aus. „Wo jeder Fisch einzeln behandelt werden will!" fügte er gewichtig hinzu.

Die Käuferin zuckte die Achseln. „Ich mein man bloß, sonst ging das bei Ihnen auch hilder[7] zu; bei Bornemann stehen die Leute bis auf die Straße hinaus, und seine Niederlage auf der Alster war ganz schwarz von Menschen."

„Ja es is schwer heutzutage!" seufzte der Amtsfischer und sah ängstlich nach der Tür, in der ein paar Dienstmädchen angelegentlich schwatzten, „aber allens, was recht is, 'n reinen Kram is das nich mit den Bornemann!" er schüttelte den runden Kopf und fügte leiser hinzu: „Ich hab ja meinen Schup-

6 Ein Abmachen
7 Hitziger, eiliger

pen neben seinem stehn auf der Alster, das is all so'n halbtote Ware! Ich möcht sie nich essen, das is gewiß."

Plötzlich sah er, daß die Mädchen wieder hinausgingen. Er sprang ihnen nach und erfaßte eine am Arm.

„Fräulein Lüttmaid! hebben Se all kregen! Nee? na, wat lopen Se denn wedder weg? Könt Se nich en Ogenblick töwen?"[8] rief er eifrig.

„Wie hört man eben, dat Se negentig Penn nehmt, denn gaht wie na Bornemann röber," sagte eins der Mädchen schnippisch, „da spar ick tein Penn op't Pund; kumm, Lise!" –

Eine blaß und kränklich aussehende Person, Frau Wobbe selber, in einem dicken lila „Seelenwärmer", den Kopf in ein wollenes Tuch gehüllt, tauchte neben dem Ladentisch auf; die kleine Kellerstube hinter demselben war ihr gewöhnlicher Aufenthalt während der Verkaufszeit.

„Wedder nix to dohn," sagte sie kleinmütig, während ihr Auge den leeren Laden überflog, „ick kann dat nich begriepen."

„Ick woll!" versetzte ihr Mann, „un ick wull man[9], ick kunn da'n Peh[10] vorschrieben!"

„Wovor, Krischan?"

„Dat he nich allens an sick ritt!"[11] rief er grimmig.

„Wo kunnst du da woll wat gegen dohn!" sagte die Frau, „dat is nu mal so."

„Dat sall aber nich sin!" rief der Fischhändler dunkelrot und drohend, wie man es diesem gutmütigen Gesicht mit dem Doppelkinn und der kleinen Stumpfnase gar nicht zugetraut hätte und schlug mit der Faust auf die Marmorplatte des Verkaufstisches, „dat is ja de reine Mord, is dat ja!"

---

8 warten
9 ich möchte nur
10 verbieten
11 reißt

„Dat Kind is noch buten," sagte die Frau ablenkend und schob die Hände unter die Schürze, „weet Gott, wat se sick nich verkölt."

„De Deern is mehr vun min Slag," murrte der Mann, „aber kannst se ja rinropen."[12]

Die Frau ging an die Ladentür, öffnete eine Spalte breit und rief: „Ida! Ida!" mit vor den Mund gehaltenem Tuch, denn es kam ein Wagen voll nassen Nebels und Zugs herein.

Der Mann hatte in mürrischem Schweigen, die Hände hinterm Rücken, an einem der Bassins gestanden. Dat is die „Minschenmöglichkeit!" murmelte er vor sich hin.

„Wi möt doch to hüt Aben noch mehr Woar' herin hebben, schullst man rut gahn, Krischan. " „Wie bliwt mit den ganzen Kram sitten, sallst mal sehn."

Die Frau setzte sich auf einen Stuhl, der eigentlich für Kunden dastand.

„Hör, Krischan," begann sie zögernd, „wenn du nu ok mit dem Pris dalgüngst." –

Wobbe sah sie zornig an; „Dalgahn? de Swindelei mitmaken? ick weet gor nich, wat du denkst!"

„Aber Bornemann" – fiel sie ein.

„Wat he kann, dat kann ick nicht!" rief er, „wat for em 'n Spekulatschon is, dat wurr mi rungenieren! dat mußt du doch insehn! twintig Dusent sall he gistern kregen hebben! is da nu gegen an to kamen? ick kann mi termaudbarsten[13] und is all for de Katt!"

Er ballte die Faust: „Ick wull, ick kunn em bikamen, den Schinner!"

Die Frau sah ihn erschrocken an: „He hett di doch sünst nix dahn."

„Is dat noch nich nog?"[14] schrie er heftig, „dat he mi dat

12 Reinrufen
13 zerarbeiten
14 genug

Brot vor'n Mun'n wegritt? dat min ganzen Kram vor de Hun'n geiht? dat ick mit min goden Nam un renommiertes Geschäft von Vadderstiden her, sitten mutt un op Kun'n luurn, as wör ick n' lütten Anfänger? noch nich nog, dat de Kirl herkummt und plant sick mi vor de Näs hen mit sin Spegelscheibens und Marmortischens un groote Springbrunnens un wat nich all, un giwt noch allens billiger? O ick much[15] em –"

Er verstummte, es trat endlich wieder ein Käufer ein. Doch konnte die kleine Bestellung seine Laune nicht für lange verbessern.

Als sie wieder allein waren, band er die weiße Schürze ab und nahm die Mütze vom Kopf. „Denn will ick nu man losgahn," sagte er, „dat Bitten[16], wat hier kummt, kannst du mitdewil woll alleen besorgen."

„Kiek doch ok mal nah de Lütt," bat die Frau, „mi dücht, se is wedder mit de Schrittschoh los."

„Dat is en fixe Deern," erwiderte Wobbe, und ein freundliches Lächeln flog über sein mißmutiges Gesicht, „ümmer düchtig dar, dat harr'n Jung warrn süllt."

„Ick wull, dat se man erst to Hus wör," seufzte die Mutter, „se is ok gor to wild un drook![17] 'n Deern vun drüttein Jahr un ümmer op de Schrittschoh un op de Straat rumklabastern."

„Lat ehr man," sagte der Mann, und bürstete seinen Rock, „wenn se öller ward, geiht dat Stillsitten un dat Elend von sülwst los, – dat sind de glücklichsten Johren."

Die Frau schüttelte den Kopf, doch sagte sie nichts weiter, reichte nur dem Weggehenden noch einen großen weißen Schal und Handschuhe. „Dat is da 'n Tog op de oll Alster, – verköl di man nich, Krischan, un – wat ick seggen wull, treck man lewer de grooten Stäbeln an, dat ward natt sin."

Er kehrte wieder um und tat, wie sie ihm geraten.

---

15 möchte
16 Bisschen
17 keck

Die Frau blieb fröstelnd sitzen in dem halb oberirdischen Keller mit dem Fisch- und Wassergeruch, dem eintönigen Tropfengeräusch, und betrachtete durch die beschlagenen Fensterscheiben, vor denen schon eine Reihe kleiner Gasflammen brannte, obgleich es kaum halb drei nachmittags war, wie durch einen trüben Flor, das Auf- und Abströmen der Menge. Sie gewahrte zwar eigentlich nichts weiter als stapfende Beine, um die es spritzte, flatternde Kleidersäume und hier und da ein Gesicht mit roter Nase und roten Ohren, das sich neugierig zu ihrem Kellerfenster herabbog. In Bornemanns großem eleganten Laden drüben an der Ecke ging die Tür unaufhörlich auf und zu. Und nun kam eine Drehorgel und spielte: „Nun danket alle Gott," immer in das Klingeln von Bornemanns Ladentür hinein. Die Frau setzte sich zuletzt so, daß sie nicht mehr hinüber sehen konnte ganz unwillkürlich.

Wobbe war inzwischen durch die Stadt gewandert, den alten Jungfernstieg hinunter, dann den neuen. An der Ecke, zwischen Lombardsbrücke und Esplanade lag sein Schuppen auf der Binnenalster. Seit gestern abend taute es; das Eis stand halb unter Wasser, so daß die Zelte und Buden auf dem schwärzlichen Spiegel haltlos zu schwimmen schienen; der Wind zauste die nassen Flaggen, und die schon hie und da angezündeten Lampen schimmerten von unten wieder herauf wie rötlich zitternde Sterne. Eine große Schar Krähen umkreiste mit Gekrächz die Fischlager und flog, sobald sich Menschen näherten, in einer schwärzlichen Wolke zu dem grauen Himmel auf, der nur tief im Westen von ein paar gelben Streifen durchfurcht war. Die dunklen Vögel hockten lauernd auf der großen Wage, die zu dem Bornemannschen Magazin gehörte und spähten mit vorgestreckten Hälsen nach toten Fischen oder nach Abfall. Wobbe stand einen Augenblick still und betrachtete wie sie die Niederlage der Großhändler. Es war auch eine Art von Krähenblick in seinen blauen Augen, wie er gegen Bornemanns Hauptgebäude mit dem Kontor den dicken Fausthandschuh schüttelte. Doch zog er die Hand schnell an sich; ein Mann in Wasserstiefeln und einer Wachstuchjacke trat dort aus der Tür.

Wobbe schloß seinen eigenen Schuppen auf, machte Licht und besichtigte die ins aufgeschlagene Eis hinabgelassenen Fischkästen. Wie er hineinleuchtete, war das schwarzgelbe Gewimmel, aus dem gelegentlich ein schnalzendes Fischmaul emporfuhr, deutlich erkennbar. Er ergriff einen großen Ketscher mit eisernem Stiel, der an der Bretterwand lehnte und begann zu fischen. Breite wassergefüllte Bütten standen umher, in die er sein Netz entleerte. Als er genug hatte, schloß er hinter sich ab, um den Knecht zu rufen, der die Bütten in die Stadt karren sollte. Dann war er selbst beim Aufladen behilflich. „Fahr man gau to, Klas," sagte er, „ick hal blot noch min Hanschen rut."

In Bornemanns Schuppen, der an den seinen stieß, war die Tür nur angelehnt.

„Da is all wieder eine!" schrie jemand, und ein Stück Holz flog krachend gegen die Wand.

Unwillkürlich horchte Wobbe auf das laute Gespräch drinnen.

„Haben Sie sie getroffen? ich mein, sie hat gequiekt?" fragte eine andre Stimme, unterbrach sich aber plötzlich mit dem Schrei: „Donnerwetter, eben ist sie mir gegen die Beine gefahren!" Drinnen entstand ein Gepolter und Gelächter. „Halten Sie die Tür zu, bloß noch einen Augenblick!" rief der erste. „Den Deubel auch! ich bin bange vor dem Unzeug! lassen Sie mich raus, Lührs!"

Wobbe hatte eben noch Zeit, auf die Seite zu springen, denn die Tür wurde aufgestoßen und blieb offen hinter den beiden jungen Kommis, die wie zwei Jagdhunde herausliefen. „Da geht sie hin," rief Lührs hitzig und schwenkte seinen großen Ketscher, „'n büschen aus'n Weg, Lüders, wart, dich krieg ich!"

Lüders, schon in Hut und Handschuhen, schüttelte sich vor Widerwillen und eilte dem Lande zu. „Mahlzeit!" nickte er noch flüchtig nach rückwärts.

„Herrjes, da is ja noch eine, wir haben ja woll 'n ganzes Nest aufgestöbert is das 'ne Wirtschaft hier mit dem Viehzeug!" und Lührs schlug um sich, wie gegen eine Rotte unsichtbarer Teufel.

„Was is denn los?" schrie es aus den andern Schuppen, und im Nu hatte man sich verständigt.

„Halloh Jungens, hier sind sie," rief Lührs, glitschte aus und plumpste längelang ins flache Wasser. Alles lachte und stürmte durcheinander. Die Fischer, die Verkäufer, die Buchhalter sogar rannten mit aufgeregtem Gesicht wie eine Horde wilder Jungen hinter den unglücklichen Wasserratten drein.

Als Lührs naß und völlig atemlos nach einer halbstündigen Jagd zurücklaufen wollte, stieß er fast mit einem zusammen, der landeinwärts ging. Er erkannte den breiten, behaglichen Mann und rief: „Gun Abend, Wobbe! schad, daß Sie nicht mitgeholfen haben; ich hab zum min'sten zehn Stück totgeschlagen; so'n Keirdje[18] haben wir lange nicht gehabt!"

„Gun Abend," erwiderte Wobbe einsilbig und ging schnell vorüber.

Frau Wobbe hatte wenig zu tun gehabt; es ist die Wahrheit, gegen einen Nachbar wie Bornemann konnten Leute wie Wobbe nicht aufkommen. Sie saß im Laden und strickte mit ihren weißen, kältesteifen Fingern an einer wollenen Jacke für ihren Mann – es war ein Weihnachtsgeschenk, das nicht ganz fertig geworden. Alle Augenblick legte sie die Nadeln hin, hauchte in die Hände, rieb sie zusammen und horchte, ob ihr Mann oder ihre Tochter nicht zurückkehre. Ida war gekommen, kurz nachdem der Mann das Haus verlassen hatte. „Gott, Deern, büst du endlich dar?" hatte Frau Wobbe erleichtert gerufen und Idas Strümpfe befühlen wol-

18 Spaß

len, ob sie auch nicht naß seien. Aber das war ein Mädchen! sie hatte gestrampelt und gelacht und gerufen: „Ganz knochentrocken! wo is Papa? in'n Schuppen? na, denn gib mir man 'n neues Haarband, mein is wieder weg, denn will ich ihm 'n büschen entgegengehen!" und ohne auf die kläglichen Reden der Mutter zu achten, hatte der Wildfang, der dem Vater glich, wie eine junge Kartoffel einer alten, seine dicken blonden Zöpfe neu zugebunden, sich ein Butterbrot aufgeschmiert und war wieder aus der Tür gewitscht, in den häßlichen naßkalten Winterabend hinaus, der aber, wie es schien, seinen roten Backen und lustigen Augen nicht das geringste anhaben konnte. War das ein Umeinanderlaufen von den beiden!

Und nun kamen sie alle zwei nicht wieder, und Trina, die „man eben mal en Gratulatschonskarte" hatte einstecken wollen, war in dieser Angelegenheit jetzt schon eine Stunde abwesend, obgleich der Briefkasten gleich an der Ecke war, und auch noch die Apfelkuchen geholt werden mußten. Und nun, – es war doch wie verhext, kam plötzlich ein Käufer nach dem andern. Und jeder hatte große Eile, und jeder fragte: „Sind Sie heut ganz allein?" und jeder zog auf die Bejahung dieser Frage ein langes Gesicht und meinte, das wäre doch „mal komisch" am Sylvesterabend, wo die meisten Karpfen verkauft würden. Frau Wobbe wurde es so heiß, sie mußte das Kopftuch abwerfen; sie tat sogar den „Seelenwärmer" herunter, damit sie sich schneller drehen und wenden könne. Sie nahm all ihre Kraft zusammen, um jeden Fisch mit einem Schlag zu töten, aber einmal schlug sie fehl und quetschte sich den linken Daumen, und ein großer Karpfen biß sie in die Hand, daß das Blut herunterlief. Ja, das hilft nicht, dazu darf man kein böses Gesicht machen! Dafür ist man eine Geschäftsfrau. Aber sie konnte es doch nicht unterlassen, ängstlich nach der Tür zu sehen unter dem atemlosen Bedienen und – lieber Gott, das fehlte noch, – jetzt stehen so viele Leute da, und die Karpfen sind fast alle; wenn Christian nicht bald kommt und Nachschub bringt, dann kann sie nur den Laden zumachen! na, an den Sylvesterabend will sie denken! –

Jetzt! Ein Stein fällt ihr vom Herzen, – „Krischan, büst du da?" Ja, da ist er, und draußen ist Klas mit sechs Kufen voll Karpfen. Gott sei Dank! Sie winkt ihm mit den Augen zu; er hat auch schon die Schürze um und springt umher in seinen großen Wasserstiefeln und vertröstet die Wartenden und fischt aus den Kübeln und schlägt tot und wägt und wickelt ein; das geht ihm anders von der Hand als ihr. Aber sie wundert sich, so viel ihr das Gewühl rundum Zeit läßt, daß er sich so wenig über das gute Geschäft zu freuen scheint. „Was hat er denn nu wieder in'n Kieker?" denkt die Frau, und plötzlich steigt es ihr in den Hals, und sie sagt zu ihm hinüber: „Hast du die Lüttje nich mitgebracht!" Er sieht aber ganz abwesend aus, er scheint nicht gehört zu haben. Nein, denkt sie, die Kleine ist es nicht, er hat was andres im Kopf. Aber wo bleibt denn das Kind? „Ida wollt dir entgegen gehen nachm Schuppen," er steht zufällig eben neben ihr, hat sie aber wohl gar nicht gesehen, denn er fährt zusammen und fragt: „nachm Schuppen? was soll denn das heißen?"

Hat der Mann getrunken? Die Kleine läuft ihm ja sonst überall nach. „Na, sie wird wohl bald kommen, Krischan," sagt sie beruhigend, denn sie sieht, daß er jetzt immer nach der Tür kuckt. Da nun ein neuer Kübel hereingebracht werden soll, benutzt er die Gelegenheit, sich ein bißchen draußen umzusehen.

„Gun Abend, Wobbe," sagt eine Nachbarin und drängt sich an ihn heran, „nehmen Sie man Ihr Ida in acht, ich wollt es drinnen nich sagen wegen Ihre Frau, aber es is eben wieder eine ertrunken."

„Ertrunken? Wer? Wann?" Wobbe greift sich mit der nassen Hand nach dem Kopf.

„Auf die Alster, ne lüttje Deern," flüstert die Frau, „ich hör man, daß Ihre Kleine noch nich zu Haus is." –

„Krieg ich bald, Herr Wobbe?" ruft ein Dienstmädchen, das ihm auf die Straße gefolgt ist und zupft ihn am Ärmel. „Min Olsch ward dull, wenn ick nich wedder kam, und ick hew all so'n kolle Fäut."

Von der andern Seite hält ihm Trina einen großen zappelnden Fisch vor die Nase: „Herr, de Snieder seggt, dat is keen Karpen, dat is'n Plötzen! kann dat nu woll angahn?"

Dem Wobbe stehen die Schweißtropfen auf der Stirn, wie er wieder zurückkehrt. Die dunkelgeringten Augen seiner kränklichen Frau bohren sich in sein Gesicht: Ida?

„Sie wird bei Swartaus sein," wirft er so hin.

Die Frau nickt: „Ja, dat wär möglich, da ward hüt de Dannenbom plünnert."

Und immer mehr Kunden drängen sich herein, und immer eifriger plaudert der Mann: „Ja, mein werter Herr Nachbar, gewiß sünd sie frisch; sehen Sie woll? ganz springlabendig Nehmen Sie lieber große oder kleine, Madam? Große, ganz recht, sonst hat man soviel Swänze. Und Sie, Fräulein? lieber drei kleine? Sie haben den richtigen Gustus, die kleinen smecken feiner Dree Pund, oll Fründ? kamt Se damit ut? Drei Pund auf'n Prick![19] Ja, ich hab das all so in'n Griff, wissen Sie, meine zwei Hände sind so gut als 'n Wagschale! Süh so, drei schöne Mittelstücken aus jeden! Und nu da 'n büschen Essig über, denn sollen Sie mal sehn, wie die blau werden! – Geht hild her? freut uns, is Geschäft! soll so sein! Uns wird's so leicht nicht zu –" er bricht ab und läßt einen Augenblick die Hände ruhen, es ist eben ein kleines Mädchen in die Tür gekommen. – Er meint, die Frau habe ihn gerufen, läßt alles liegen, geht zu ihr hin und flüstert mit beklemmtem Atem: „Wat seggst du?" Die Frau starrt ihn an, ohne zu antworten. Es wird ihr plötzlich zuviel, das Gedränge und Gerede und das Licht

19 Auf ein Haar.

und selbst ihr Mann, der mit den aufgekrempten Ärmeln und den beschmierten Händen dasteht und spricht wie im Fieber. Sie muß hinüber zu Schwartaus. Aus dem vollen Laden, wo sie so nötig ist. Sie sagt im Hinausgehen: „Ick kam gliek wedder," aber er hört nicht, er arbeitet wie eine Maschine. Wie sie die Treppen hinaufschleicht, muß sie weinen über ihren Mann. So ist er doch sonst nicht. Ein kleiner rötlicher Strahl von der Straßenlaterne draußen fällt über die Stube, wo der Schrank steht, und plötzlich springt sie zurück und schreit laut! Das Kind liegt ja da in seinem Bett, da vor ihr, aber weiß und still, wie ein totes! „Kind, büst du all dar?" sie geht zitternd auf das Bett zu, aber es antwortet nichts, und sie langt mit unschlüssigen Fingern nach dem weißen Gesicht. Dann tut sie einen langen Atemzug – es ist ja nur Idas zusammengerolltes Nachtjäckchen! Wie sollte denn das Kind auch so still hier heraufgekommen sein? Aber sie muß niedersitzen, denn sie bebt über und über. „Wenn dat man nix to bedüden hett," murmelt sie und hört zusammenfahrend die Uhr halb neun schlagen. Sie reißt Hut und Mantel aus dem Schrank, ach, das ist ja ihr Sommerhut! na, das ist einerlei heut abend, wenn das Kind nur bei Schwartaus ist. –

Das Geschäft geht fort, und nun ist der Mann allein, denn auf Trinas Hilfe ist kaum zu rechnen. Es ist, um sich zu zerreißen. Er sagt auch nur noch das Notdürftigste, und um ihn surrt es und summt es: „Ja, was ich Ihnen sag, allens weggeschwommen, und allens mit Netze und Stangen und Eimers dahinterher! n' Hallo war das, nicht zu glauben! und unter das Eis kriegt man sie ja nicht wieder! Einige sagen zwar, das war'n man all so'n Halbtote, die kommen doch nicht weit, abern großen Schaden ist es doch für Bornemann. – Herr Wobbe, is Ihnen nicht gut? Soll ich Ihnen 'n kleinen Schnaps holen? un watt ick seggen wull, 'n lüttje Deern soll ja dabei ertrunken sein, sagen sie, die erste, die da was von gemerkt hat."

Und nun ein allgemeiner Schrei: „Herrjes, Herr Wobbe!"

Der Fischhändler hat sich den Goldfischhafen von der Tonbank über den Leib gerissen, an dem er sich im Umsinken hatte halten wollen. Zwei Nachbarn sind ihm beigesprungen, und nun sitzt er mit verglasten Augen auf dem Haublock, und neben ihm steht Trina und trocknet ihm mit seiner Schürze das Gesicht ab, das von Wasser trieft und auch von Blut, denn die Glassplitter haben ihm die Backe zerschnitten und schreit und heult fortwährend: „Uns' Ida is noch nich to Hus, wenn dat man nich uns' Ida is!"

Da vor der Tür Wagengeroll, und die Tür wird langsam aufgemacht mit der ernsthaften Frage: „Wohnt hier der Amtsfischer Wobbe?"

„Da bringen sie sie all,"[20] murmeln die Leute und drängen sich zusammen, um Platz zu machen.

Ein Mann trägt etwas herein, das in einen großen dunkeln Schal gewickelt ist. Wobbe springt mit gerungenen Händen von seinem Sitz auf: „Min Kind!" da tut sich der Schal etwas auseinander, und eine kleine weiße Nasenspitze wird sichtbar, und eine schwache Stimme sagt: „Ich bin 'n büschen ins Wasser gefallen, Papa, sei man nicht böse!"

So schwach die Stimme war, Frau Wobbe muß sie auf der Straße gehört haben, denn da ist sie, Mantel und Hut hinter sich herschleifend, stöhnend und lachend: „Kind, Kind, wat makst du mi for Kummer!" Wobbe aber steht scheu von weitem, als sei es noch nicht Wahrheit, als dürfe er die Gerettete nicht anrühren.

„Sei man nicht böse, Papa," sagt die Stimme wieder, „ich konnt ja doch nicht leiden, daß Bornemann all seine Karpfen wegschwimmen, und da bin ich auf dem alten Eis 'n büschen ausgeglitscht."

Die Leute stehen und wischen sich die Augen; sie hätten nicht geglaubt, daß ein Mann so weinen kann, und diesem

20 schon

rotbäckigen, fidelen Wobbe hätten sie es gewiß nicht zugetraut. Er schluchzt wie ein kleines Kind und streckt immer die Arme nach seiner Tochter aus und geht doch nicht näher.

Die Frau ist lange nicht so außer sich. Die schreit nur nach Trina und ‚Teekessel aufsetzen'! und ‚Warmflasche füllen' und kuckt das Kind nicht mal an; ja, der eine nimmt es schwer, der andre weniger.

„Wie das wohl bloß zugegangen is?" fragt jemand Lührs, der die Kleine hergebracht hat. Wobbe wendet sich um und kuckt auf den Boden. Der andre zuckt die Achseln: „Es war ja woll alles morsch in dem alten Fischkasten, es scheint ja woll, daß die Ratten alles durchgenagt haben, die Kleine hat es zuerst bemerkt."

Ida steckt den Kopf aus dem Schal: „Ich geh da rum und such Papa, und da is unser Schuppen zugeschlossen, aber Bornemanns nebenan is offen, und der große Kasten auch, und wie ich so 'reinkuck, merk ich miteins, daß all die Karpfen so 'runtergehen und nach einer Stelle hin, und daß sie immer weniger werden, und da hab ich um Hilfe geschrien und 'n Ketscher von der Wand genommen. Und Lührs könnt mich gern 'runtersetzen, wenn ich man nich Frau Lührs ihr Kleid an hätt, was mir natürlich 'n halbe Meile zu lang is."

„Und all die Karpfen sind weg?" fragt jemand.

Lührs schüttelt bedächtig den Kopf: „Ich denk, wir kriegen wohl das meiste wieder, wenn das Eis auf is, – so was fällt da woll mal bei vor, und unser Geschäft kann da ja Gottlob auf stehen."

Der Fischhändler hat endlich sein Kind in die Arme genommen und trägt es in die gewärmten Kissen. Aber er zittert noch immer, wie er nun vor dem Bette sitzt und ihre Händchen hält.

Sein ganzes Gesicht ist eine Selbstanklage, ein heiliges Versprechen. Auch er wird diesen Sylvesterabend nicht vergessen.

Die Last

Der neue Maschinenmeister in der Druckerei hatte seinen ersten Arbeitstag hinter sich; er lieferte die Schlüssel im Kontor ab und machte sich als letzter der Arbeiter auf den Heimweg.

In der chemischen Fabrik nebenan stand noch die Tür offen; sonst sah es in dem trüben Novemberzwielicht öde und tot aus auf der langen Hammerbrookstraße. Die hohen grauen nüchternen Häuser, entweder Speicher oder Fabriken, blickten mit ihren geschlossenen dunklen Fenstern und Türen philisterhaft mürrisch vor sich hin; in den Kellerwirtschaften warf das Licht noch kaum einen Schein durch die herabgelassenen Vorhänge. Die ganze lange dämmerige Häuserzeile, an deren fernem Ende eben die Straßenlaternen wie zitternde rötliche Punkte aufzuglimmen begannen, hatte ein heuchlerisch friedfertiges, unanfechtbares Aussehen, als habe sie eine besondere Abneigung gegen Trunkenheit, Faustkämpfe, Zusammenrottungen und Messerstiche und könne sich nicht erinnern, jemals so roher und wilder Szenen Schauplatz gewesen zu sein, wie sehr auch die Polizeiberichte das Gegenteil behaupten mochten.

Auf einer der vielen Brücken blieb der Maschinenmeister stehen, kopfschüttelnd und beklemmt über den düstern Anblick. Dunkles Wasser, das um schwarze Pfähle und verwaschene Mauern spülte, immer schattenhafter verschwimmende Häuser, unförmliche Klumpen, aus denen sich ein langer gerader Finger in die Höhe reckte, wie von einer plumpen geballten Faust, – der Schornstein einer großen Fabrik –, dann wieder Brücken, wieder halbverschneite Kähne, wieder Häuser, und in weiter Ferne ein ganzer Wald von hohen Schornsteinen, gleich schlanken Palmenstämmen, über denen der Rauch, der in der schweren nebligen Luft stundenlang stehen bleibt, eine krause Blätterkrone bildete. Und das alles in chinesischer Tusche gemalt, in heller oder dunkler abgestuftem Grau, ohne einen Hauch von Farbe.

Ein Gefühl der Unbehaglichkeit schien den jungen Mann zu durchlaufen; er zog den Rockkragen in die Höhe und warf noch einen widerwilligen Blick in das schwarze Fleet, das leise gurgelte und die Strohbüschel und Papierfetzen, die darauf schwammen, kaum zittern machte. Dann zog er eine Zigarre heraus, setzte sie nach vielen vergeblichen Versuchen in Brand und schritt eilig weiter.

Das war nicht das Hamburg, von dem sein Onkel so viel Wesens gemacht hatte, das lustige, wohllebige, leichtsinnige Hamburg mit seinen guten Beefsteaks, seinen glänzenden Schaufenstern und den hübschen drallen Dienstmädchen! Vom Hammerbrook hatte sein Onkel nichts gewußt, ganz natürlich, – der war ja noch vor dreißig Jahren ein sumpfiges Weideland gewesen, hatte ihm gestern abend sein Hauswirt erzählt.

Er war so schnell gegangen, daß nun auf einmal die Straßen hinter ihm blieben; ein offenes, gräbendurchzogenes Land lag da wie eine Wüstenei. Er sah sich um, kein Haus, kein Mensch, – er mußte fehlgegangen sein. Zweifelnd blickte er nach dem Himmel. „Ob denn hier nie die Sonne scheint?“ murmelte er, „heut ist sie gewiß nicht aufgegangen“. Da zerriß plötzlich das Wolkengespinst; ein fahles Gelb übergoß den Westen, das Wasser der Fleete glitzerte wie die schwarzgoldigen Schuppen einer trägen Schlange. Dichter flogen die Krähen über die Erde, um die Holzplätze und Dachziegelhaufen; und vor ihm – er prallte fast zurück – schimmerte klares Blut auf einer Glasscherbe; nein, es war ja nur der Widerschein der Abendsonne! Nun sah er denselben blutigen Glimmer in den Fenstern eines elenden Wirtshauses in der Ferne. „Ich wollte, ich wäre in Pirna," sagte er; dann aber horchte er aufatmend: hinter ihm erklangen Menschenstimmen, ein leises girrendes Lachen und ein deutlicher Kuß. Er horchte und sah sich um. Da schlüpfte seitwärts aus einer rohgezimmerten Lattenlaube in einem erfrorenen Kohlfelde ein kinderhaftes Mädchen in blauem Kopftuch. Ein baumlanger Arbeiter folgte. Eben wollte er wieder den Arm um die Begleiterin schlingen, als diese ihn abwehrte und mit dem Kopf nach dem Fremden deutete. Der Mann trat von ihr hinweg und ihm entgegen, als erwarte er seine Ansprache. Der Maschinist aber streifte ihn nur mit einem hochmütigen Seitenblick und lüftete den Hut vor dem Mädchen, das befangen sein Hälschen auf die Seite gedreht hatte. „Ist dies der Weg nach der Frankenstraße, mein Fräulein?" Sie deutete errötend in die Stadt zurück, während er mit dreister Bewunderung das feine längliche Gesicht musterte und länger als notwendig sich die Richtung erklären ließ. Zuletzt zog er mit einem langen Blick und flottem Hutschwenken ab, wieder ohne den Arbeiter zu beachten, der ihm in unwilliger Verwunderung nachsah und nun mit kurzem spöttischen Auflachen laut sagte: „Wat is denn dat vor en? Kennst du den Prükenkopp, Gesche?"

„Scht, Hein!" machte das Mädchen leise, „das ist ja unser neuer Maschinist."

„So, de is dat." –

Der Besprochene sah sich flüchtig um, er hatte Frage und Antwort gehört in der großen Stille. Er hatte das Mädchen überm Sprechen erkannt, sie war unter den Punktiererinnen in der Druckerei. Die frischwangige, hellblonde Kleine mit den feuchten Augen war ihm heute sogleich aufgefallen. Hübsche Mädchen fielen ihm immer auf, dafür kannte er sich. Sie war auch sorgfältiger gekleidet als die übrigen; er erinnerte sich deutlich ihres roten Schürzchens, das sie glatt strich, als er mit ihr sprach. Ihr Begleiter schien ein ungehobelter Bursche zu sein; schade, daß sie sich mit ihm abgab. Wie stocksteif der Kerl dagestanden war! und er hatte doch gar nichts von dem wollen. Nun, er hatte es ihm ja deutlich gezeigt. Der Maschinist zog ein Spiegelchen aus der Tasche und blickte mit überlegenem Lächeln auf sein schnurrbärtiges, adlernasiges Abbild. Dann zwirnte er seinen Schwarzbart nach oben, schwenkte unternehmend das Spazierstöckchen und wiederholte:

„Perükenkopf? Perükenkopf? Der dumme Bauer!" –

Das Paar war schweigend weitergegangen, den langen stillen Weg nach Bullerhude. Einmal zeigte Gesa nach einem photographischen Atelier auf einem Hausdach.

„Sieh, Hein, in solchem Glaskasten wohnt er."

„Wer, Gesche?"

„Uns' neue Maschinist, Hein, und er hat alles voll Blumen, und sie sagen –"

„De Prükenkopp meenst du, de just so an mi vorbi kek, as wenn ick 'n Tuunpahl wör?"

„Ach, das hat er ja nich so gemeint," lachte das Mädchen, „das war ja bloß, weil er mich kennt und dich nich."

Der Arbeiter schüttelte den Kopf; seine tiefliegenden blauen Augen zogen sich zusammen.

„Er is sonst ganz nett," beteuerte das Mädchen.

Seine Stirn ward rot, und er fuhr plötzlich heraus: „Wat geiht di dat an?"

„Ich meinte man," wisperte Gesa erschrocken, „werd doch nich gleich bös, Hein!"

Sie versuchte von unten in seine halbzugedrückten Augen zu sehen, um ihn lachen zu machen.

Er griff mit beiden Armen nach ihr und drückte sie heftig an seine Brust, so heftig, daß sie aufschrie.„ Ach, Gesche, segg mal, wat geiht di de Prükenkopp an? Wullst lewer, ich wör so en, – mit 'n Spazeerstock und gele Hanschen?"

„Nee, nee," wehrte sie lachend, „aber, Hein, Hanschen hett he nich."

„In de Tasch gewiß! de Art kenn ick! De swänzeliert as: Sühst mi woll, un is so fründlich as 'n Ohrworm. Gesch, bekümmer di nich um den Kerl, nimm di in acht vör em!"

„Is de groote Jung all wedder eifersüchtig? Etsch, etsch, groote Jung!" neckte sie.

Dann, als er nicht antwortete, begann sie über Müdigkeit zu klagen und drückte sich eng in seinen umschlingenden Arm, den ihren, so weit er reichte, um seine kräftige Gestalt gelegt. Und so einträchtig wandernd, im dicken Nebel und der sinkenden Nacht, zwischen den kahlen Bäumen und stillen, dunklen Gräben, erreichten sie endlich das kleine Haus mit der grünen Tür, in dem sie ein Kellerstübchen bewohnten. –

„Hein, unser Fenster ist hell!" rief Gesa ganz erheitert, noch ehe sie davorstanden. Ein heller Streif schimmerte deutlich über dem Boden. „Sollst sehn, das is Sophie; ich glaub, ich seh sie all sitzen."

Ja, da saß sie, eine große magere Frau mit blendend weißem Halstuch, die spitze Nase über einen roten Strumpf gebeugt, an dem sie im Lampenlicht eifrig strickte. Sie merkte nichts davon, daß die beiden vor dem Fenster standen und die Bewirtung berieten.

„Gah nu man rin, Gesch, ick bring di allens nah," sagte der Mann, „en Finbrot un veer heete Knackwürst, oder sall ick nich lewers fiw bringen?"

Er lief eilfertig über die Straße, während Gesa die Kellertreppe hinunterhuschte und leise die Tür aufklinkte. Ein schöner dreijähriger Knabe in blauem Kittel versteckte bei ihrem Eintreten den Lockenkopf in die Rockfalten der Frau, die das schmalwangige blasse Gesicht rasch umdrehte.

„Guten Abend, Gesche," nickte sie, „ick sitt hier all 'n gode Stünn. Mein Mann seine Mutter is da, da konnt ich doch 'mal abkommen." –

Gesa war munter auf sie zugegangen und riß der Schwester mit lachendem Ungestüm die Arbeit aus der Hand, daß die Nadeln flogen. „Man nich gleich stricken! Hast heut schon genug getan."

„Du alt göriges Gör!" schalt die ältere, „willst 'mal hergeben? Kuck man nach dein Teekessel, der kocht wie doll; ich hab ihn aufgesetzt, daß ihr man gleich 'n büschen was Warmes findt, wenn ihr kommt. Wo is denn dein Mann? So, kommt gleich. – Na, Klefecker, da sünd Sie ja all. Ja, was sagen Sie denn zu mein Ludwig?" –

Der schöne Kleine hatte sich bereits auf des Mannes Knie gesetzt, die Arme um seinen Hals gelegt und den weichen Blondkopf an seine breite Brust gedrückt, als ob er da schlafen wolle. Heinrich hielt sich mit herabhängenden Armen steif und vorsichtig aufrecht, ohne ihn anzurühren; er betrachtete den Kleinen mit glänzendem befangenen Gesicht wie ein zerbrechliches Spielwerk.

„Hein is so kinderlieb," lachte Gesa.

„Wird der Jung auch nich überlästig?" fragte die Frau mit erweichter Stimme. „Mich wundert bloß, daß er zu Ihnen gegangen is, er is sonst so fremd. Ja, die Gören haben das gleich raus, wer es gut mit sie meint. Er is man still, is mein Ludje; – der Pastor, der ihn getauft hat, war ganz verwundert über das Kind. Das is ja 'n wahrer Engelskopf," sagt er zu mein Mann; „wo haben Sie den hergekriegt," sagt er so aus Jux; „den nehmen Sie man recht in acht, daß er groß und stark wird," sagt er. „Er hat so was Überhimmlisches, nee Überirdisches in sein Gesicht," sagt er; „ich möcht woll, daß mein Frau ihn sähe." – So, Ludje, nu steig aber 'mal runter un laß Onkel trinken, du wirst ihm nu zu schwer."

„Laten Se em man, Sophie," sagte Klefecker, den Knaben festhaltend, „he drinkt mit ut min Tass, nich, Ludwig?"

Gesa hatte Tee aufgeschenkt und stellte Brot und die dampfenden Würste auf den gedeckten Tisch.

Die Decke war eine großlochige Häkelarbeit und ließ alle Brotkrumen durchfallen, aber Gesa hatte sie selbst gemacht, – sie hatte einen Abscheu vor nackten Tischen.

„Ich hab euch auch was mitgebracht, krieg 'mal raus, Ludje." Der Knabe kletterte bedachtsam von des Onkels Knie herunter und grub aus einer großen wollenen Handtasche ein Tuch mit einem Käsekopf hervor.

„Wir haben ihn schenkt gekriegt, zwei Stück von unsen Nachbar, – sieh bloß, wie der Jung da steht und kuckt!"

Der Kleine hatte die Arme übereinandergeschlagen und sah lächelnd und träumerisch vor sich hin.

„So hat Gesche auch immer gestanden, ebenso pomadig wie er, – er sieht ihr auch ähnlich. Wenn die andern Gören in 'n Rönnstein platschten, hat sie immer bloß zugekuckt un gerufen: ‚Mehr! Mehr!' aber sie is nie mit reingegangen."

„Dat glöw ick," sagte Heinrich wohlgefällig. „Wat Swattes bliwt nich an ehr besitten; se wascht sick aber ok den ganzen Dag. Mi hackt gliek allens an."

„Wenn die andern Gören sie gebufft haben, hat sie sich den Schmerz verbeißen können, aber wenn sie sie mal in 'n Dreck geworfen haben, denn hat sie gebrüllt und ihre schwarzen Hände nach 'n Himmel hinzu gestreckt, daß die ganze Straße zusammengelaufen is."

Gesa zog das feine Köpfchen zwischen die Schultern und blinzelte behaglich zu der Erzählung wie ein weiches weißes Kätzchen, das man lobt. Die Augen ihres Mannes wanderten in dem übervollen schiefen Stübchen und zwischen den ungleichen Gesichtern der Schwestern hin und her und blieben zuletzt an dem der jüngeren hängen. Er drückte das Kind, das wieder zu ihm gekommen war, an sich, strich mit den harten Händen leise über das warme weiche Körperchen und murmelte in den blauen Kittel hinein: „Min lütt Gesch! min lütt Gesch!"

Die Frauen steckten viel zu tief in einem Häkelmustergeplauder, um es zu beachten. – –

Es war eine Woche später; ein andrer in der Reihe der schweren Novembertage. In den Schreibstuben brannten die Gasflammen, obgleich es erst zwölf Uhr geschlagen hatte.

Der Arbeiter Heinrich Klefecker war ganz allein in den kellerartigen Räumen der großen chemischen Fabrik. Er hatte die Mittagswache.

Doch schien er noch auf etwas andres zu passen. Seine lange eckige Gestalt in dem gelbgrauen engen Kittel, mit den vom Dampfe bürstenartig emporstehenden Haaren erschien alle Augenblicke auf der Straße vor der breiten Einfahrt oder nebenan vor der niedrigen Haustür, um sich suchend hinauszubiegen; besonders nach der Druckerei flogen seine Blicke. Dann kehrte er zu dem dreibeinigen Bock hinter der Kiste zurück, die ihm als Tisch diente, und auf der schon sein Mittagsbrot in einem blauen Taschentuch bereit lag. Dann ging er ins Maschinenhaus und befühlte die Kruke Kaffee, – er hatte eine Stelle herausgefunden, wo man sie gut wärmen konnte.

Plötzlich fuhr er herum; ein Geräusch von Kleidern und Schritten erklang am Eingang. „Gesche?“ fragte er gedämpft und versuchte, mit den Augen den fetten gelben Dunst der Höhle zu durchdringen.

„Ick bün nich din Gesche,“ erwiderte eine heisere Stimme, und eine plumpe Gestalt in einem losen Kattunkleid klapperte über die Bretter, mit denen der schlüpfrige, ausgetretene Steinboden hie und da belegt war. Der junge Arbeiter machte eine abwehrende Gebärde, aber schon hatte das Weib den kurzstruppigen Kopf über die Butterbröte und Speckschnitten gebeugt und beschnupperte sie wie ein lüsterner Hund mit aufgesperrten Nüstern.

„Kunnst mi woll ok ’mal inladen, Hein,“ lachte sie und gab ihm einen scherzhaften Stoß in die Seite; „ick hew dree Kinner, und keen Mann, hew ick, kumm, min ol Jung.“ –

Sie nahm die Hand aus dem wirren Haar und krümmte sie über die einladenden Brotschnitten.

„Hand vun 'n Sack!" rief der Arbeiter und faßte die vier Zipfel des Tuches zusammen; „gah din Weg, Male! Ick wurr mi in din Stell doch schanieren, min Umstänn so uttokreihn 'n Ehr is dat grad nich, Male!"

Das Weib hatte die dicken bloßen Arme in die Hüften gestemmt und sah ihn mit breiter Verwunderung an. „Kiek den Musche Nüdlich!" sagte sie, langsam zurückweichend, „kiek den finen Herrn!" Sie brach in lautes Gelächter aus. „Holl man din Gesche so 'n Semp, hörst woll?" Ein giftiges Glitzern trat in die matten vorgequollenen Augen, wie sie sich dicht an ihn hinanschob. „Hein, ick sall man seggen, din Gesche kummt hüt nich, se is 'n beten mit uns Herrn Maschinisten to Middag gahn."

„Dat lüggst du, Wiw!" schrie der Arbeiter und sprang mit flammendrotem Gesicht rückwärts. „Rut! rut! oder ick vergriep mi an di, un – ick mug mi doch nich de Finger smutzig maken!" Er faßte nach einem der schweren Schürfeisen. Das Weib stolperte mit vorgehaltenen Händen laut schimpfend nach der Tür, nicht ohne an die großen mannshohen Kessel zu stoßen und sich an den plumpen Sandsteinpfeilern, die das Gewölbe trugen, fast den Kopf einzurennen. Gerade als sie hinausflog, trippelte Gesche, ihr Kleid zusammennehmend, über die Schwelle herein, kuckte ihr nach, lachte hell auf und warf sich auf die Kiste neben das Frühstück, das sie ein bißchen beiseite schob. Noch einmal erschien Males breites Gesicht an der Tür. „Gode Unnerhollung!" schrie sie hinein; dann verschwand sie.

Gesche lachte nicht mehr. Sie atmete mühsam, und ihre Backen brannten.

„Du hest woll lopen mußt?" sagte der Mann, den Blick zur Seite wendend.

Das Mädchen nickte und strich an ihrer Schürze: „Und so hungrig bin ich, ich könnt dich gleich aufessen, Hein!"

Sie griff nach einem Butterbrot und biß hastig hinein, ohne Heinrich anzusehen.

„Wo kummst du denn her? Du kummst doch nich vun de Fabrik?“ fragte er.

Gesche verschluckte sich an einem Brotkrumen und mußte heftig husten. Verwundert, daß er sie nicht ein bißchen auf den Rücken klopfe, sah sie zu ihm hin. Er hatte die Augen dicht zusammengezogen und die Hände geballt. Sie nahm ein Butterbrot aus dem Tuche und hielt es ihm vor den Mund: „Iß doch, Hein!“

„Ick hew keen Hunger, Gesche.“

Sie glitt von der Kiste herunter.

„Die rote Male hat mich verklatscht,“ sagte sie.

Ein schwacher Lichtstreif von einem vergitterten Fensterchen her fiel auf sie, auf die zierlichen runden Schultern, die hellen Flechten um die Stirn und das blauseidene Tuch an dem weißen Halse.

Sie senkte den Kopf, denn sie fühlte, wie seine Blicke sie zu erforschen suchten.

Plötzlich zeigte er mit dem Finger nach ihrer Brust: „Wat is dat?“

Sie deckte sogleich die Hand über die Stelle und versuchte zu lächeln.

„Was denn, Hein? die Rose? Schön, nich?“ Sie bog den Kopf so tief, daß sie den Duft einatmen konnte. „Was kuckst du mich so an? was machst du für Augen?“

Er stand auf, schob ihre Hand weg und zog eine dunkelrote Rose aus ihrem Kleide. Einen kurzen Augenblick starrte er die seltene Blume an; dann warf er sie in weitem Schwunge über des Mädchens Kopf weg in einen der riesigen Kessel voll Schwefelsäure und Kalk.

Mit einem bedauernden Ausruf eilte Gesa an den Tank und hob sich auf die Zehe; aber es war nichts mehr zu erkennen in der tiefen gelben Pfütze.

„De kummt nich wedder,“ sagte der Arbeiter kopfschüttelnd; „wat da in föllt, dat kummt nich wedder.“

Dann riß er sie weg.

„Leg nich din Arm darop, dat fritt allens entzwei kiek."

Er hielt ihr eine von grünlichem Rost zerfressene Stahlschnalle hin.

„Min Ledderriemen is 'mal da ringlitscht, und dat is all, wat nahblewen is." Gesa sah nicht hin. Mit hängendem Kopf wie ein maulendes Kind hatte sie sich auf den Bock gesetzt, kaute stumm an ihrem Brote und wandte ihm den Rücken zu.

Der Mann verstummte nun auch und ging mit weiten Schritten in dem beengten Raum zwischen den staubigen Kalksäcken und den strohumflochtenen Glaskolben auf und nieder.

Es war so dunstig, daß sie einander nicht deutlich sehen konnten; manchmal mußten sie husten: der laugige Dunst fiel stechend auf die Lungen.

Es schlug eins.

Die Kleine stand langsam auf und schüttelte die Brotkrumen von ihrer Schürze. Heinrich blieb vor ihr stehen:

„Gesche, wonem hest du de Ros?" – fing er an.

„Ach, Hein," erwiderte sie halb ungeduldig, halb scheu, „du bist immer gleich so bös mit mir. Und was is denn dabei? Der Maschinist hat zu mir gesagt, als wir alle zu Mittag gegangen sind, er hätt so schöne Rosen in seinem Glasbauer oben auf 'n Dach, wo er wohnt, – ob ich eine haben wollt. Und da bin ich mit ihm gegangen bis an sein Haus und hab auf Straße gewartet, und er hat mir aus 'm Fenster eine 'runtergeworfen, in 'ne Tüte."

„Het he di nich mit ropnehmen wullt, Gesche?"

„Ja," sagte sie obenhin, „das woll, aber da gehören doch zwei zu! Ich bin nich mitgegangen, ich hab auf Straße gewartet." Sie faßte schüchtern nach seiner Hand. „Machst immer aus 'nem Funken 'n Feuer, Hein."

Er nickte düster vor sich hin.

„Nu gah man, Gesch, se kamt all t'rügg." Auf der Straße ward es lebendig; die Arbeiter kamen vom Mittagessen, und Gesa schlüpfte hinaus.

Als sie abends zusammen heimgingen unter einem Regenschirm, den der Mann der Kleinen vorsorglich über den Kopf hielt, sagte Heinrich nach einer langen Pause: „Ick hew mi dat überleggt, Gesch, du schullst dat Fabriklopen nu opgeben. Uns' Kram is ja binah afbetahlt, un ick denk – –"

„Abbezahlt? Hein, wir haben ja noch die fufzig Mark für das Bett stehn!"

„Ick weet woll, aber dat verdeen ick bald alleen."

„Nee, Hein, das is nix. Wir müssen ja jede Woche drei Mark abbezahlen, wie kannst das woll allein übersparen? Und warum soll ich nich was mitzuverdienen? Ich tu es ganz gern, es is ja leichte Arbeit."

Heinrich seufzte, sah sie von der Seite an und schwieg lange. Dann sagte er wie mit plötzlichem Entschluß: „Mußt em seggen, Gesch, dat du min Fro büst."

Sie lachte hell auf.

„Ach, kommst all wieder mit dem Kram? Weißt ja doch, Hein, es is besser, daß sie es nich wissen. Sie können Mädchen genug kriegen; sie nehmen keine Frauen an. Und weil ich doch noch nich so alt bin," sie lachte wieder und machte ein paar Tanzschritte unter dem Schirm, „und nich so ausseh wie'n alten Ehekrüppel, nich, Hein?" – sie blinzelte ihm mit ihren großen Schelmenaugen zu und gab ihm, da er nicht antwortete, einen kleinen Stoß vor die Brust mit dem Zeigefinger. „Hätt'st lieber Sophie gehabt, oder die rote Male, was?" flüsterte sie, den krausen, blonden Scheitel an seine Schulter legend.

Er drückte ihren Kopf mit dem freien Arm, aber seine Stirn war voll Falten.

„Nee, nee, dumm Tüg, Gesch! warum denkst du so wat?"

„Ach, ich mein man!" Sie blickte verschämt mutwillig vor sich nieder. „Ich mein man, weil die keine Rose gekriegt hat," brach sie plötzlich lachend aus und sprang neckend ein paar Schritte von ihm weg.

Der Mann blieb stehen. Das Licht der Straßenlaterne fiel in sein Gesicht; es sah gequält und angstvoll aus. Er ballte die herabhängende Hand, starrte die Kleine an und murrte zwischen den Zähnen.

Da kam sie wie ein schnurrendes Kätzchen mit gesenktem Kopfe geschlichen, duckte sich unter den Schirm und wisperte: „Min ol' Hein."

Er sagte aber nichts, hielt auch die Hand steif und leblos, die ihre warme Rechte liebkosend umschloß.

„Na, willst gornix seggen," flüsterte sie in bittendem Ton.

Hein fuhr fort, sie in düsterm Schweigen anzusehen, ganz fremd und kalt.

Da sank ihr Mut. Zwei helle Tränen erschienen in den lachenden Augen; sie ließ seine Hand los.

„Bist immer gleich so bös mit mir," schluchzte sie auf, „immer gleich bös. Was tu ich denn? Ich bin ja noch nicht so alt, andern Monat werd ich achtzehn. Kein Mutter und Vater hab ich auch nich mehr, bloß Sophie, und das is man meine Stiefschwester. Und denn dich, und du bist gleich so bös. Wär ich man lieber häßlich, wär ich man lieber tot! – Ob ich die Rose hab oder nich – und der Maschinist, was braucht sich der um mich zu bekümmern! Er is ja 'n feiner Herr, was will er von mir, nich, Hein? Und ich hab ja all mein Teil, nich? Und was kann ich dafür, daß ich nicht so häßlich bin, und daß du mich nich mehr leiden magst, und wir sind man erst drei Monat verheirat – und –"

Sie endete mit lautem Weinen. Heinrich hatte sie in den Arm genommen und sprach ihr zu: „Lat man, Gesch! nicht bös mit di, Deern, lat man. Du kannst da ok nix vor, aber – –"

Ein höhnender Windstoß riß ihm den Schirm aus der Hand und drängte die beiden fast von den Füßen. Das Gespräch hörte auf; sie hatten genug mit dem Sturme zu tun, der mit

Schnee und Regen und Hochwasser seinen gewohnten Novemberspaziergang über die geduldige Marschebene machte.

Den Maschinenmeister Leopold Jäck fror es in seinem gläsernen Vogelbauer, obgleich an diesem klaren Sonntagnachmittage sogar die Sonne in das ehemalige Photographenatelier schien.

Es hatte abgeweht, und der Frost war da. Die ganze Elbniederung, die er von seinem hohen Hausdach übersah, lag in weißlichem Rauhreif; die vielen Wasserläufe und Becken schimmerten mit stumpfem, bleiernen Glanz; auf der dünnen Eiskruste der nahen überschwemmten Wiesen blinkten die blassen Sonnenstrahlen wie tausend scharf geschliffene Schwerter, die nach einem Punkt zielen. Schwarzwimmelnde Menschenscharen strebten zu diesen neu erstandenen Vergnügungsplätzen; eine ganze Straße von kleinen Jungen auf Kreken zog nach den Eisflächen, und hinten im Dunst sah er durch die zu einem Fernrohr gebogenen Finger, daß schon Zelte und Buden, einige erst im Entstehen, andre schon fertig, im Halbkreis umherstanden. Da war eine Zerstreuung in Aussicht, kein Zweifel. Er dehnte sich in seiner braunen Wollenjacke, die ihm als Haustoilette diente, kuckte an seinen hagern, in Trikots steckenden Beinen hinunter und stand gähnend von dem Korbsofa auf, um nach seinen Schlittschuhen zu sehen. Er hatte Mühe, sich durchzuschlängeln, denn der sonst kahle, untapezierte Raum war ganz verstellt durch grüne Pflanzen, die in schmucklosen Töpfen zwischen leeren Zigarrenkisten, Haufen von Zeitungen und durcheinander geworfenen Stiefeln den Fußboden bedeckten. Die Zweige zunächst den Fenstern schienen von der Kälte gelitten zu haben, sie hingen welk, und die Erde war bestreut mit Blättern. Er nahm einen der Äste auf und ließ ihn wieder sinken. „Verwünschtes Nest! Ich muß machen, daß ich hier fortkomme."

Sein Blick glitt durchs Fenster auf den kleinen verwahrlosten Gartenfleck mit dem zerbrochenen Eisenstaket. Die schnurgerade Reihe niedriger Tannen daran war in dem schweren sumpfigen Boden nicht angewachsen; sie standen da wie rostige Pyramiden. „Ich muß machen, daß ich hier fortkomme," wiederholte er verdrossen.

Plötzlich leuchteten seine Augen auf und wurden spitz vor Verlangen. Eine zierliche Gestalt ging eben mit hüpfenden Vogelschritten an dem zerknickten Gitter vorüber.

Er riß die kleine Luftscheibe auf und rief hinunter: „Gesa!"

Sie war noch in Hörweite; es schien ein Zusammenschrecken durch die schlanken Glieder zu gehen; sie beschleunigte ihren Schritt; den Kopf hatte sie nicht gewandt.

Der Maschinist biß sich ärgerlich auf den Schnurrbart. „Die verfluchte kleine Hexe! Sie hat mich sehr wohl gehört, tut aber gar nicht dergleichen! Und doch kokett bis ins Schwarze ihrer blauen Augen. Haha! Natürlich steckt der Bursch dahinter, der lange gelbgraue Kerl, mit dem sie immer läuft! Es soll aber ein Ende haben!"

Er zog hastig einen Rock über sein Wollenkostüm, schloß ein Schubfach auf und nahm eine Anzahl Geldstücke heraus, die er, ohne sie zu zählen, in seine Hosentasche gleiten ließ.

„Soll wohl noch zahm werden, soll wohl noch parieren. Warum macht sie mir denn Fensterpromenaden?"

Er lachte zuversichtlich, während er an den Stöcken nach einer Blume suchte. Da er nichts Buntes mehr fand, steckte er endlich ein Lorbeerzweiglein ins Knopfloch. Dann betrachtete er noch einmal sein hübsches beutesüchtiges Gesicht im Spiegel, wobei er beständig seine trocknen Lippen mit der Zunge befeuchtete, und schoß mit den klappernden Schlittschuhen am Arm die vier Treppen hinunter, der Richtung nach, die er das Mädchen hatte einschlagen sehen.

Die scharfe Luft trieb ihm das Wasser in die Augen, sodaß er den Kneifer, den er Sonntags trug, alle Augenblicke herunterreißen und putzen mußte. Er stampfte beim Gehen auf den hartgefrorenen Boden, um die erstarrten Füße warm zu bekommen, und als ihm der Spazierstock, den er wie einen Spieß quer unter den Arm gesteckt, um die Hände in den Rocktaschen halten zu können, mit lautem Schimpfen hinterrücks heruntergeschlagen wurde, und die alte Frau, die das getan, ihm noch gar eine Faust zumachte, als er sie zur Rede stellen wollte, da dachte er ans Umkehren. So ein altes Weib bedeutet Unglück. Das schöne Wild war nicht mehr zu erblicken. Er blieb stehen und überlegte. Da war es ihm, als sähe er den Arbeiter, den Nebenbuhler – er mußte lachen, daß er das sein wollte, der Bauerntölpel – am Straßenrande vorübergehen. Oder war er es nicht? Jedenfalls war es ein baumlanger, in den Schultern etwas gebückter Mensch, der da ging und die Beine hob, als schreite er über lauter Maulwurfshaufen weg, so ein richtiger Bauerngang. Gewiß, das war der Bursch mit dem trotzigen Gesicht und den gelbgrauen Haaren, der die arme Gesa an der Kette hielt. Wenn er nur nicht so unbequem starke Glieder gehabt hätte! Aber er mußte es ihm trotzdem eintränken; er wollte es ihm schon zu verstehen geben, ohne Worte, daß er für ihn nichts war, als ein Klumpen Straßenkot. Auch das Mädchen mußte das einmal einsehen. Mit einem Schwung drehte er sich auf dem Absatz um und stolzierte nach der Gegend, wo die Zelte aufgebaut standen, dort mußte sie zu finden sein.

So eilig war er, daß er auf dem übergelegten Brette am Rande der Eisfläche fehl trat und mit dem Fuß in eine seichte Wake geriet, zum lauten Ergötzen der Bummler und Straßenjungen, die einen beweglichen Doppelkranz um das Becken bildeten und sich lärmend und zudringlich zum Anschnallen der Schlittschuhe oder zum Schieben der größeren Mietskreken gegen einen festen Stundenpreis erboten.

Der feine Stiefel war von dem Eiswasser durchfeuchtet, – fatal und ungesund. Vielleicht sollte er doch umkehren? Aber das Menschengewühl, das Gelächter, die Musik, und vor allem die blanke Angel in den Augen der hübschen

Gesa hielten den Hecht zu fest. Man konnte sich ja in der nächsten Schenkbude trocknen, etwas Warmes genießen, vielleicht gar warm tanzen. Leopold Jäck ging unbekümmert und mit gewohnter Flottheit in die größte und stattlichste der Bretterbuden, auf der eine große Hamburger Flagge im Nordwind flatterte. Es war fast dunkel in dem mit Menschen, Zigarrendampf und Grogdunst eng gefüllten Raum, die langen Holztische dicht besetzt, mit Mühe ein Platz zu finden. Unablässig ließ er die Augen herumgehen, sah aber nicht, was er suchte. Sie saßen nämlich weit hinter seinem Rücken in dem etwas erhöhten engen Verschlage, der für die Musiker bestimmt war, die augenblicklich im Freien spielten. Zudem waren sie halb versteckt durch die von der Decke niederhängenden roten Vorhänge, welche diesen Raum von dem großen schieden. Dorthin hatte Heinrich einen Tisch und zwei Stühle getragen; sie saßen nahe beisammen, warm vom genossenen Vergnügen und zufrieden, nicht in dem dichten Gedränge zu sein. Die jungen Männer in der Nähe, die sie in ihrem Verstecke sehen konnten, verwandten kein Auge von dem jungen, anmutigen Gesichte, das sich unter den fröstelnden oder gedunsenen übrigen wie ein frischer, eben reifer Pfirsich unter verrunzeltem oder aufgequollenem Backobst ausnahm. Sie trug das knappe blaue Kleid, das gelbliche Kopftuch am Arm, wie eine Dame, bewegte sich zierlich und lachte doch zu jedem Bissen, den sie in den Mund schob, und zu jedem Wort, das ihr Begleiter sagte. Sie schien übrigens zu wissen, daß ihr das Lachen gut stehe und den Widerschein davon auf seinem Gesichte zu suchen, das wohl auch jung, aber fahl und verblichen von ungesunder Arbeit wie ein Schatten neben ihr aussah. Doch hatte das Wohlbehagen des Augenblicks und das Wohlgefallen an ihr ihn weich und heiter gemacht, und er lächelte oft, wie er auf sie niedersah und das lange blonde Haar aus der Stirn und den Augen schüttelte. Wie er sich tief hinunterbog, um besser zu hören, faßte sie ihn schelmisch am Schopfe: „Komm mal her, Hein, siehst ja aus wie'n Ruugputtel! 'n büschen glatt machen, du Werbund!"

Gehorsam hielt er den Kopf hin, und ihre niedlichen Finger fuhren ordnend darüber.

Plötzlich aber zog sie die Hand aus seinem Haar, drehte sich weg und errötete bis in die Halskrause. Er blickte mit noch gesenktem Kopf wartend durch die Haarbüschel, aber die Finger kamen nicht wieder. Nun richtete er sich auf und sah sich um: „Wat is denn, Gesch?"

„O, nix," sagte sie ein bißchen gezwungen, „wollen wir nich 'mal wieder aufstehen?"

Ja, das wollte er gern, aber er wollte auch wissen, warum Gesa so rot geworden sei.

„Ach, ich dacht man, es könnt uns einer sehen," erwiderte sie ausweichend und bemüht, ihres Mannes Augen, die mißtrauisch umhersuchten, von einer bestimmten Richtung abzubringen.

Sie wollte gern noch etwas Punsch trinken, fiel ihr ein. Sie traten an den Schenktisch. Gesa trank zuerst, das Glas weit von sich haltend und den Körper zurückgebogen, damit kein Tropfen aufs Kleid falle. Dann reichte sie Heinrich das dampfende Getränk. Als er es aber an die Lippen setzen wollte, streifte etwas hart an ihm vorbei und stieß ihm das Gefäß aus der Hand. Er bückte sich nach den Scherben, da hörte er ein unterdrücktes Lachen. Als er aufsah, hatte Gesa den Mund noch verzogen, ward aber gleich ruhig. Das spitzige Lachen hinter ihm dauerte fort; da fuhr er mit verändertem Ausdruck herum. Im kurzen braunen Winterrock, den Kneifer auf der scharfen Nase, den Hut ein bißchen schief, die blanken Schlittschuhe am Arm, so stand der Maschinist hinter ihm und kuckte spöttisch an ihm vorbei.

„Schade um das Getränk, nicht wahr, Gesa?" sagte er über Heinrich hinwegsprechend in vertraulichem Ton;

„aber trösten Sie sich, Kind, ich bringe Ihnen gleich ein andres Glas."

Klefecker starrte sie an, dann den Maschinenmeister; der Denkfaden war ihm abgeschnitten, – wie sprach denn der mit ihr? Gesa war dunkelrot geworden und machte sich mit ihren Kleiderknöpfen zu schaffen.

„O, Sie brauchen sich nicht zu zieren, mit mir doch nicht," lachte Jäck dreist; „alte Bekannte wie wir, nicht wahr, Gesa?"

Eine herandrängende Menschenwoge rieß ihn plötzlich von den Füßen, und er sah sich verdrießlich weit in eine Ecke gedrängt. Er kämpfte und stampfte, kam aber nicht heraus.

Der Arbeiter blickte noch immer wie ein Versteinerter nach dem Fleck, wo er gestanden. Gesa faßte seinen Arm und rief ihm ins Ohr:

„Woll'n wir nicht hinaus?"

Er schüttelte sie ab; das Blut brannte ihm in den Backen; auch die Augen waren unterlaufen davon.

„Wat het he seggt? Het he Strit söcht? Ick bün dar! ick bün dabi."

Er keuchte und war kaum verständlich. Gesa zog ihn auf eine Bank nieder und flüsterte ihm ins Ohr; er stierte mit drohendem Blick ins Leere und schien nicht zu hören. Auf einmal sprang er empor und mit einer Art Wut auf einen jungen Menschen zu, der in schwerem Schlaf in einer Ecke dicht vor ihm an der Wand saß. Das bläuliche Gesicht war widerlich erschlafft, alle Muskeln gestreckt, der Mund offen, der Kopf weit auf die Seite geneigt und überhängend.

„Undögt! Rut mit di!" schrie Klefecker und rüttelte ihn derb an der Schulter. Der Trunkene glotzte stumpfsinnig empor, seine Augen sahen ganz weiß aus; er wischte sich mit dem Handrücken das Wasser vom Munde; eine Spur von Bewußtsein färbte sein Gesicht mit schwacher Schamröte. Er versuchte schwerfällig aufzustehen; aber die Bank, auf der er ganz allein gesessen, schlug hoch empor und dann um, und er stürzte polternd zu Boden. Lautes Hurrageschrei begrüßte den Fall. Klefecker wollte ihn emporreißen.

„Laß ihn doch, Hein," bat Gesa, „was machst du immer für 'n Lärm gleich! du kennst ihn ja gar nicht."

Aber Klefecker war in einer wilden Zorneslaune, die sie nicht begriff.

„Ick kenn em! he dögt nix he het mi beschummelt!" rief er so laut, daß es durch die ganze Bude schallte und das Gläserklappern und Gelächter übertönte. „He het seggt, sin Mudder liggt op 'n Dod, un ick hew em bi uns Herrn Vorschuß utmakt. Rut mit em!"

„Bitte, bitte, Hein!" jammerte die junge Frau. Eine Bewegung kam in die an den Tischen Sitzenden. Sie standen auf und drängten zu dem Arbeiter hin, einige zustimmend, andre murrend. Eine kreischende Weiberstimme rief:

„Sin Mudder liggt op 'n Dod, dat ist de Wohrheit un he het sick blot 'n beten hier vermuntern wullt! Wer will wat vun min Broder? Dar bün ick ok noch bi!" Der Kopf der roten Male tauchte neben Klefecker auf; dröhnend stimmte sie in das Gelächter ein, das ihre Worte erregt hatten.

Gesa machte noch einen Versuch, ihren Mann fortzuziehen; er focht heftig mit den Armen, wiederholte seine Anklagen und schien am Boden festgewachsen. Ihre Hand schüttelte er ab, wie die eines kleinen, lästigen Kindes.

Da drückte sie sich mit angstvoller Miene die Finger in die Ohren und arbeitete sich durchs Gedränge hinaus.

Dabei fiel ihr ein, wie sie schon als Kind nichts ärger hatte schrecken können, als lautes Wortgezänk, und wie oft sie sich zitternd von ihrem Suppenteller weggeschlichen und unter die Bettstatt verkrochen, wenn Vater und Mutter sich böse Worte gaben. Mit gesenktem Kopf und klopfendem Herzen ging sie draußen zwischen den Schlittschuhläufern umher, wagte nicht, zu horchen, noch sich weiter zu entfernen, und drückte sich zuletzt an die Außenwand der Bude, die Hände gefaltet und die Augen voll unmutiger Tränen.

Auf einmal strich eine Hand heiß über die ihrige. Sie flog ein bißchen zusammen, zog die Hände unter ihr Tuch und senkte das runde Kinn noch tiefer.

„Bist du den Burschen endlich los, Gesa?“ fragte eine flüsternde Stimme; „sieh mich doch ’mal an, Kleine.“

Er hob keck das weinerliche, errötete Gesichtchen empor und streichelte ihre Wange.

Sie schüttelte den Kopf, tat aber sonst, als habe sie die Berührung gar nicht gefühlt.

„Welchen Burschen, Herr Jäck?“ fragte sie kläglich.

„Na, der eben drinnen mit dir aß und trank; ihr hattet euch ein hübsches Versteck ausgesucht!“

„Ach je, das war doch kein Bursch!“ Gesa lachte.

„Mußt nicht immer mit dem laufen, Schatz; paßt ja gar nicht zu dir!“

Die junge Frau riß die Augen auf, als sei das gar kein Deutsch, auch die vollen frischen Lippen blieben vor Verwunderung offen. Dann aber schien sie sich zu besinnen und lachte überlegen, wie einer, der es besser weiß.

„Es ist ja mein Bräutigam, Herr Jäck.“

„Bräutigam! auch gut! mir gleich, wie du’s nennst! Wenn er nur weg ist, wenn du nur jetzt mit mir im Schlitten fahren kannst.“

„Was denken Sie wohl! das leidet er nicht; er ist ja da drinnen.“

„Da drinnen bloß? Ach so! das ist fatal. Ich hatte recht gehofft, du würdest heute ein bißchen lieb zu mir sein.“

Sie lächelte verlegen und geschmeichelt. Dann wieder horchte sie mit zusammengezogener Stirn auf den Lärm der Streitenden und die donnernden Faustschläge aus der Bretterbude.

„Ist das er, der da so schreit? Komm, Kleine, komm weg

von hier! Diese rohen Auftritte sind nichts für dich. Ich hasse sie auch."

Er hatte ihre Hand ergriffen und zog sie mit.

„Aber ich muß nun wieder hinein," murmelte sie schwach und widerstrebend.

„Nachher, nachher! wenn's wieder ruhig ist! Was sagst du wohl zu solch einem Schlitten, Gesa?"

Mit der Begehrlichkeit eines naschhaften Kindes blickt die Kleine auf das vornehme Gefährt mit der rotgefütterten Pelzdecke. Sie war selber glühend rot und sah erwartungsvoll zu, wie der Kutscher die Decken zurückschob, der Maschinist hineinsprang und ihr dann ritterlich die Hand bot, damit sie folge.

Einen Augenblick noch zögerte sie. Der Versucher ward fast ungeduldig.

„Komm doch, liebes Kind, schöne kleine eigensinnige Person!" drängte er. „Ich will dich ja nicht entführen, wir kommen ja wieder! Nur ein bißchen mehr ins Freie möchte ich; hier sind die vielen Leute, man wird so beobachtet!"

Mit einem Ruck zog er sie neben sich und gab dem Kutscher das Zeichen.

„Er weiß ja nichts," lachte er, während er den Arm leicht um sie legte und ihr die schöne warme Decke über die Schulter hinaufzog; „was weiß er? Und warum sollte ich dich nicht ebenso gut küssen dürfen, wie er?"

Gesa fuhr mit der Hand nach ihrer Wange, als sei sie gebrannt; er hatte sie geküßt.

„Nein, nein, das nicht," stammelte sie und versuchte fortzurücken; „ich muß ihm treu bleiben, ich muß – –"

„So, mußt du das?" Es war ein spöttelnder Ton in den Worten und ein spöttisches Zucken um die Mundwinkel, während seine Blicke über das Mädchen hinfuhren, wie über ein sicheres Eigentum, und sein Arm sie fest an sich drückte.

„Ja, sieh, Gesa, das küsse ich dir auch nicht ab!“ Er bog ihren Kopf zu sich und ließ ihre Lippen nur los, um ihr Worte zuzuflüstern, die sie in eine Art Lähmung versetzten.

Als sie freikam, stieß sie einen erstickten Schrei aus; der Kutscher sah sich um: „Wohen?“

Der Maschinist richtete sich in die Höhe, um mit ihm zu sprechen; da raffte sie sich plötzlich auf, nahm ihre Kleider zusammen und flog wie ein Ball aus dem Schlitten hinaus auf einen Haufen zusammengefegten Schnees.

Sie war gleich wieder auf den Füßen und maß mit den Augen die Entfernung bis zu der großen Schenkbude; hinter ihr schrie und schalt der Maschinist. Sie lächelte und nickte zurück zu ihm, lief aber, so eilig sie auf dem glatten Boden vermochte, dem dichten Menschenknäuel zu. Aus der Tür der Wirtschaft stakte mit weiten Schritten und steifen Knieen Heinrich Klefecker, als wate er durch nassen Sand; das plumpe Weib, das auf ihn einredete und mit dem Finger auf Gesa wies, war die rote Male; höhnische Schadenfreude belebte die stumpfen Züge. Sein Kopf hing auf die Brust; er sah erdfahl aus und alt, mit vielen Furchen und Falten, die das bleiche Schneelicht unbarmherzig enthüllte.

„Du siehst bös aus, Hein,“ entfuhr es der Atemlosen, als er nun, ohne zu sprechen, an sie herantrat und hart ihren Arm ergriff.

Sie drehte an ihrem Tuche und fuhr verwirrt fort: „Woll’n wir noch nich weg?“

„Dat is woll all lang Tied,“ erwiderte er; sein forschender Blick war wie eine Drohung.

„Du kuckst mich ja an, als hätt’st mich lang nich gesehen,“ sagte sie mit einem Versuch zu scherzen. Sie streichelte furchtsam seine große kalte Hand, die er ihr selbstvergessen überließ.

Nun aber riß er die Finger los und schlug die ihren derb und heftig beiseite.

Sie wich entsetzt zurück und hob die geschlagene Hand in die Höhe, ins Licht einer eben angezündeten Laterne. Ein schmerzliches Erstaunen lag in den getrübten Augen; die Lippen bebten wie bei einem Kinde, das gleich in Weinen ausbrechen will. Solch eine kleine weiche Hand! der Maschinist hatte sie noch eben geküßt und bewundert, und Heinrich schlug sie!

Warum?

Das Mitleid mit sich selbst wurde plötzlich so groß, daß sie zu schluchzen begann und in sich hineinwimmerte über ihre Jugend, ihre Verlassenheit, den verlorenen Sonntag, den eisigen Wind und ihre müden, wehen Füße.

Er hörte aber nicht hin, schien es gar nicht zu wissen, daß sie da gehe.

In einem Wagengeleise glitt sie aus; das schien ihn zu wecken. Er half ihr auf und behielt sie im Arm, wie sie weiter gingen. Die starken Stöße seines Herzens sprachen von innerm Kampf. Seine Augen waren trocken und glänzender als sonst; auf den hagern Backen brannte nun ein ungewohntes Rot. Manchmal sah er sie eindringlich an, öffnete auch den Mund, als ob er etwas sagen müsse, schüttelte aber wieder den Kopf und seufzte:

„Arm lütt Dammelke!"

Sie nahm das für ein Schmeichelwort, lächelte schon halbgetröstet und streichelte an ihm herum, was er sich ohne Widerstreben, aber auch ohne Dank gefallen ließ. Doch wurde er allmählich machtlos und warm und ließ sich mitziehen, als ob er nicht das Herz voll habe.

Zuletzt wagte sie es, ganz siegesgewiß zu sagen: „Weißt, Hein, ich bin aus'm Schlitten gesprungen im vollen Fahren."

Er wurde sogleich wieder fremd, ließ ihre Hand frei und erwiderte: „Ick weet."

Nach einer Pause setzte er kalt hinzu:

„Worum?"

„Weil ich dich von weitem sah und nich wollte, daß du warten solltest," sagte sie eifrig und unbefangen.

„Worum büst du denn erst mitgahn?" bemerkte er noch kälter.

„Ach, so'n feinen Schlitten! weißt, mit Tigerdecken, Hein, – in so'n hab ich noch nie gesessen."

„Schad, dat du nicht länger bleewen büst," knirschte er zwischen den Zähnen.

„Nee, Hein, höchstens zehn Minuten," fiel sie ein, „ich werd dich doch nich stehen und warten lassen?"

Sie sah ihm grade in die Augen mit ihrem freundlichen hellen Gesichtchen.

Auch ein schärferer Seelenkenner als Heinrich Klefecker hätte in diesen weichen, sanften Zügen nichts andres gefunden als die Überzeugung, sich sehr gut und liebevoll benommen zu haben, und ein bißchen Kränkung darüber, daß ihr Mann das nicht anerkannte.

„Wat Swattes bliwt nich an eher besitten," murmelte er; und dann, nach einer Pause, in ganz anderm Tone: „Täuw, du! wi drapt uns noch."

„Was sagst du?" fragte sie mit einem erschrockenen Blick auf seine geballte Faust.

„O nix, ick freu mi blot, dat wie to Hus sünd."

Das Kellerfenster leuchtete heut nicht in die Winternacht hinaus. Auch als die beiden schon in ihrem Stübchen waren, blieb es noch dunkel darin.

Klefecker hatte sich müde auf einen Stuhl gesetzt; Gesa war hinausgegangen, um Streichhölzer bei der Hauswirtin zu holen, und hatte sich wohl festgeschwatzt.

Wie er so in trübem Brüten nach dem Fenster sah, bewegte sich etwas draußen; ein dunkler Gegenstand duckte sich, wie es schien, geräuschlos vor der Scheibe nieder. Ein Gesicht erschien an dem Glase, das Weiße der Augen schimmerte deutlich hervor. Dann kam ein regelmäßiges Klopfen mit dem Knöchel und der wohl verständliche Ruf: „Gesa bist du allein?“

Mit einem wilden Sprung war Klefecker vom Stuhl auf, die Treppen in die Höhe und draußen vor der Tür. Aber wie er auch seine Augen anstrengte, das Kellerloch vor dem Fenster war leer; er stieg zum Überfluß noch hinunter, aber vergeblich. Eben erhellte sich die Stube, die er bis in jedes Eckchen übersehen konnte. Seine Frau trat mit der angezündeten Lampe herein, sorglos und hübsch anzusehen. Er nahm sich in acht, sie zu erschrecken, kletterte aus dem Loch und sah sich auf der Straße um, die ganz verlassen schien. Soviel Zeit nun auch schon verstrichen war, er durchsuchte jeden Torweg, jeden Hauseingang. Sein Herz war wie ein Gefäß, das springen oder überlaufen mußte vor ohnmächtigem Haß.

Als er endlich nach Hause kam, war Gesa beleidigt.

„Warum bist denn wieder weggerannt,“ sagte sie ärgerlich; „das Abendbrot is all lang fertig.“

Er gab keine Antwort und setzte sich schaudernd und zähneklappernd in eine Ecke.

„Wat hest du blot, Hein? Du bewerst ja so?“ sagte sie freundlicher.

„De Dod löppt öwer min Graf, Gesch,“ sagte er dumpf; „dat gütt mi bald kolt, bald heet dörch de Knaken – de Dod löppt öwer min Graf.“ –

Die ganze Nacht lag er so, schlaflos, zusammenschauernd und manchmal leise stöhnend in seinem Bette.

Gesa wachte davon auf.

„Du kriegst ’n fixen Snuppen,“ sagte sie, sich die Augen reibend.

„Ja, ja, ’n Snuppen,“ wiederholte er; „slap du man, Gesch.“

„Nee, Hein, ick mak di ’n Tass Tee; ick stah op; du büst ja as ’n Isklumpen.“

Sie war gleich aus dem Bett und zündete Licht an; es war halb drei. Als er den heißen Fliedertrank herunter hatte, ward er stiller und schloß die Augen. Gesa hörte ihn noch ein paarmal stöhnen, dann fiel sie in schweren, festen Schlaf. – –

Als sie wieder erwachte, brannte Licht im Zimmer; im Schein der kleinen Küchenlampe sah sie ihren Mann angekleidet am Tisch sitzen und einen Brief lesen. Er schien gesund zu sein.

„Hein, was machst du da?" rief sie, sich aufstemmend; „was is denn die Uhr?"

Der Mann drehte sich schnell nach dem Bette hin; dabei fegte er mit dem Ellbogen die Lampe vom Tisch, die auf dem Boden zersplitterte, während der Docht noch fortschwelte.

„Wart, wart! ich helf dir, Hein," rief Gesa dem verdutzt Dastehenden zu; sie sprang aus dem Bette, fuhr in einen Schuh und trat die qualmende Schnuppe aus, schrie aber sogleich auf: „Mein Fuß! ich hab 'nen Splitter im Fuß."

Der erste graue Morgenschimmer fiel durch die zwei kleinen Fenster mit ihren kurzen Vorhängen und zeigte die Umrisse der vielen Gegenstände in der engen Kammer, den Kochofen, den Schrank und das große Bett, auf dem das junge Weib saß und den nackten Fuß mit beiden Händen hielt. – Draußen war es schon lebhaft. Die Hamburger Lerche, der Kummerwagenmann, sang seinen melancholischen Weckruf in den schlaftrunkenen Wintermorgen hinein – auf dem Vorplatz wurden Stiefel gewichst, und die Treppen hinunter klapperten geschäftige Holzpantoffeln.

„Wir haben die Zeit verschlafen," dachte Gesa erschreckend; da kam ihr Mann mit einem Lichte wieder zur Tür herein. Die Frau, von der sie das Zimmer abgemietet hatten, folgte mit einer Totenvogelmiene und einem Lappen alter Leinwand.

„Ji ward mi noch dat Hus ansteecken, dat segg ick," knarrte sie, während sie sich kopfschüttelnd, aber hilfsbereit über den klaffenden Riß an der weichen Sohle hermachte.

„Au! au!" machte die Verwundete bei jeder Berührung und zog endlich den Fuß ganz zurück.

Über die harten Züge der Alten stahl sich ein Lächeln, das fast wie Weinen aussah.

„Min goode Deern," sagte sie, „du weetst noch nicht, wat de Minsch uthollen kann. Warr man erst so olt as ick, denn büst du 't gewennt."

Erschrocken sah das junge Weib auf die trüben, triefenden Augen, den zahnlosen Mund und den wollenumwickelten Kopf der Alten.

„So olt ward ick nich," erwiderte sie zuversichtlich.

„Wer nich olt warden will, de mut sick jung ophangen, du Kiekindewelt!" sagte die Frau hart; „giw din Fot man wedder her."

Und dann, zu dem Manne gewendet: „En vertagene Deern! Se sünd to god, Klefecker."

Aber ihr Blick auf die Gescholtene war nicht ohne Wohlgefallen, und die hübsche kleine Frau schien auch dankbar für ihre Mühe und Hilfe und lachte, als jene mit der höhnisch klingenden Ermunterung: „Nu kannst du gahn und danzen," das junge Paar allein ließ.

Gesa versuchte aufzustehen, fiel aber mit einem Schmerzenslaut wieder zurück.

„Nee, Hein, auftreten kann ich nich."

Ihr Mann sah fast zufrieden aus.

„Lat man, Gesch! Hüt is dat nix mit de Fabrik und schadt ok nich. Ick war Bescheed seggen."

Und dann nach einer Pause:

„Kiek hier, ick hew 'n groten Breef kreegen; ick schull hüt Nahmiddag nah Heide kamen – dat Erbschaftsamt het mi schreewen. Ick stunn erst in Bedenk, – nu kann ick reisen. –"

Er schloß mit einem Seufzer und einem argwöhnischen Blick nach dem Fenster.

„Erbschaftsamt?" wiederholte Gesa verwundert; sie schien nur das eine Wort gefaßt zu haben.

„Wegen min Onkel Asmus, de in'n Harwst storben is; da warr'n woll 'n paar hunnert Dahler rutkamen."

„Für uns?" Sie schlug die Hände zusammen. „En paar hunnert Dahler? I, Hein, freust du di denn nich? Das is ja 'n großes Glück für uns! Denn können wir alles bezahlen, un –"

„Un du giwst dat Fabriklopen op" – fiel er in entschlossenem Ton ein.

Ihr aufgeregtes Gesicht ward gleich stiller.

„Gott, Hein, was soll ich denn aber den ganzen Tag zu Haus tun?"

„Wat anner Frugenlüd doht," sagte er kurz.

„Ha, andre haben Geld; wir haben ja nix."

Sie kuckte sich herausfordernd in der schlechten Kammer um und wies mit dem Finger auf die löcherigen, unebenen Dielen.

„Immer so allein hier sitzen, da wächst einem ja der Mund zu," murrte sie.

Heinrich legte ihr die Hand auf die Schulter und sagte in verzweifeltem Ton: „Ick mut nu gahn; erst op Arbeit un denn nah Heide. Dat kann 'n paar Dag duern, bet ick wedder kam. Din Fot is slimm; gah nich rut, gah nich in de Fabrik, bet ick t'rügg bün! Verspreek mi dat, Gesch!" Ein gurgelnder Laut von verschluckten Tränen machte seine Worte undeutlich.

„Wenn't nich gor to lang duert," erwiderte sie leichthin.

„Un wenn he nu herkummt – –" stotterte er.

Sie lachte auf. „He ward sick höden!"

Aber das kummervolle Gesicht schien sie plötzlich zu rühren.

„Geh mit Glück, Hein," sagte sie weicher, „vielleicht kriegst das Geld gleich mit."

„Dat kann woll sin."

So schieden sie.

Kaum war er fort, so trieb eine unklare Regung das junge Weib ans Fenster, um ihn noch zu sehen. Sie hinkte mühsam und ohne auf ihren Anzug zu achten durch die Stube, riß das Fenster auf und sah hinauf.

Eben kam er vorüber.

„Hein, was macht dein Schnupfen, den hab ich ganz vergessen!" rief sie.

„Ja, ja, de Snuppen!" erwiderte er, flüchtig hinunterblickend, dann ging er weiter.

Sie folgte ihm mit den Augen und schloß das Fenster langsam, obgleich es sie fror in ihrem Nachtjäckchen.

Eine Stunde später aber saß sie schon eifrig plaudernd und strickend in der Küche der Wirtin. Die zu erhebende Erbschaft und was man mit dem Geld alles anfangen könne, bildete einen unerschöpflichen Unterhaltungsquell, und Gesa schmeichelte die Vorstellung, durch diesen Glückszufall in der Achtung der Alten, die sie immer wie ein dummes Kind behandelt hatte, hoch gestiegen zu sein. Das Erbschaftsthema reichte auch noch für den folgenden Tag, und dann – wurde es abgelöst durch ein andres, nicht minder wichtiges und bedeutsames, – wichtig und bedeutsam nicht nur für die beiden Frauen, sondern für die ganze Bevölkerung dieses Stadtteils und noch darüber hinaus.

Der Maschinist Leopold Jäck war verschwunden.

Am Montag war er wie gewöhnlich zur Mittagsstunde aus der Druckerei gegangen, wahrscheinlich als letzter, denn niemand hatte ihn hinausgehen sehen; doch war er vormittags dagewesen und nichts Ungewöhnliches an ihm bemerkt worden.

Am Nachmittag war er ausgeblieben, was hie und da schon an Montagen vorgekommen war, und von dem Fabrikherrn mißbilligend verzeichnet, aber nicht weiter beachtet wurde.

Als er auch am Dienstag nicht erschien, ward um zwölf Uhr das alte Faktotum Ribe mit dem verstümmelten Arm in seine Wohnung geschickt. Ribe fand die Tür verschlossen und keinen der Wirtsleute daheim. Daraufhin ward die Anzeige bei der Polizeibehörde erstattet, die Wohnung, deren Schlüssel er mit sich genommen zu haben schien, im Namen des Gesetzes geöffnet und – leer gefunden. Nicht etwa ausgeräumt, aber doch verlassen. Das Bett in der einstigen Dunkelkammer des Photographen war zerwühlt; die Wirtin sagte aus, der Herr sei am Sonntag erst spät in der Nacht heimgekehrt, habe am Montag seine Wohnung aber früh verlassen, ohne daß sie ihn gesehen. Da der Schlüssel nicht an der Tür gesteckt, so habe sie nicht hineingekonnt, was auch schon öfter geschehen. Der Herr sei mit ihr sehr »von oben herunter« gewesen; Vorstellungen seien da übel angebracht. Sie habe eben gedacht, beim Nachhausekommen werde er schon rufen, wenn er sein Bett gemacht haben wolle. Da er dann am Dienstagmorgen nicht zum Vorschein gekommen sei, habe sie es ihrem Manne gesagt, – der habe auch von »anzeigen« gesprochen, habe aber noch ein paar Tage warten wollen; er wolle dem Herrn, der vielleicht bald zurückkomme, keinen Ärger bereiten; das dumme Logis stehe so wie so meistens leer; es habe auch niemand gern mit der Polizei zu tun. Als man ihr bedeutete, das sei eine verdächtige Äußerung, geriet sie in großen Zorn. Sie habe viele Kinder, und ihr Mann sei Briefträger, ob sie da Zeit hätten, hinter so einem herzulaufen, der alle Nächte durch„schwierte“ und seine Wäsche einer andern gebe, gerade als ob sie ihm seinen feinen Kram nicht gut genug plättete!

Dabei riß sie seine Kommodenschiebladen auf und enthüllte ein wüstes Durcheinander von frischen und gebrauchten Wäschestücken, Kuchenresten, bunten Krawatten und Pomadeschachteln; auch etliche Goldstücke klimperten lose darin. Der Beamte verwies ihr solche Eigenmächtigkeit; dann versiegelte er die Kommode, den Schrank und einen halbgeborstenen Koffer, dessen Inhalt aus durchlöcherten Strümpfen und zerlesenen Romanen bestand. Der Raum sah fast aus wie nach einer fluchtartigen Entfernung des Bewohners. Aber dann hätte er doch wohl sein Geld mitgenommen? Nun, viel war auch nicht da, – die drei Goldstücke und die kleine Münze konnte er bei seiner unordentlichen Lebensführung vergessen haben. Aber auch die Uhr war da. Sie lag zwischen den Blumentöpfen, die auf einige halbzerrissene durchweichte Liebesbriefe gestellt waren. Das Gehäuse war geöffnet, der Schlüssel daneben, als wäre sie so nach oder vor dem Aufziehen liegen geblieben. Sie stand auf Neun, ging aber weiter, als der Beamte sie anrührte; sie schien von der Kälte stehen geblieben zu sein, und ihr war nichts abzufragen als etwa das eine: warum hat dich dein Herr nicht mitgenommen? Ein Grund für plötzliche Abreise war nicht zu entdecken; trotzdem telegraphierte man nach allen Seiten, zuerst nach Pirna an den dort lebenden Onkel; es fand sich ein Brief in einer Rocktasche steckend, aus dem man seine Adresse erfuhr.

Die Wirtsleute wurden sorgfältig überwacht und in den Bier- und Tanzlokalen Nachforschungen angestellt, die kein festes Resultat ergaben. Er war bekannt überall, der etwas aufgeblasene junge Herr mit sächsischem Dialekt und geputzter Kleidung, einer der besten Kunden, und ein großer Liebhaber der Damen. Es ward sogar ermittelt, in welcher Wirtschaft er in der Sonntagsnacht bis zwölf Uhr getanzt hatte; dort aber hörte jede Spur auf. Von seiner Heimatstadt lief ein dicker Brief des Onkels ein, der in betrübter Geschwätzigkeit meldete, sein Neffe sei nicht nur nicht in Pirna, sondern habe schon seit zwei Monaten kaum etwas von sich hören lassen, und die Braut wolle nichts mehr von ihm wissen, wenn er nicht bald einen andern Weg einschlage.

Zum Schlusse empfahl er „der guten und reichen Stadt Hamburg“ feierlich, seinen Neffen und Schwiegersohn wieder herbeizuschaffen. Hamburg habe leider im Binnenlande den Ruf einer sehr verderbten Stadt, – er habe das nie glauben wollen, da er selber einmal auf dem Borgesch in Arbeit gestanden, – aber für den Leopold Jäck sei Hamburg freilich verantwortlich; der werde von ihr zurückgefordert. –

Nun erschienen täglich Zeitungsartikel unter der Überschrift: „Verbrechen oder Unglücksfall?“ Die Wirtsleute wurden auf einige Tage verhaftet, aber bald wieder entlassen und statt der Menschen einmal die breiten und schmalen Wasseradern dieses Gebietes befragt. Freilich, ihrer sind viele; und dann noch die Teiche, Becken und Gräben. Es half nichts; es kam keine Antwort; der Maschinist war und blieb verschwunden.

Verschwunden! Ein unheimliches Wort. Es bedeutet: umgekommen! tot! aber es fügt dazu noch das Gespenstische des Zweifels, das Grausen der Ungewißheit. Es lag wie ein Todesschatten über der ohnehin winterlich traurigen Gegend des Hammerbrooks. Die Männer unterhielten sich nur von der unbegreiflichen Tatsache, daß ein Mann, ein erwachsener Mensch, aus ihrer Mitte verloren gegangen war, wie ein Stück Handwerkszeug, wie ein Blatt Papier, das der Wind wegbläst, und das nicht wiedergefunden wird. Die Frauen warfen scheue Blicke um sich, sobald es Abend ward, und wenn sie auf dem Nachhauseweg eine Brücke betraten, hörten sie auf zu schwatzen und zu kichern und schauten mit ängstlich forschenden Augen in das Wasser der Fleete, in die offenen Stellen zwischen den morschen grauen Eisschollen und flüsterten von ihm und wunderten sich, ob er wohl hier liege? oder wo sonst? und schauderten bei dem Gedanken, daß er vielleicht an derselben Stelle liege, wo einst die Elzmann ihren Sohn ertränkt hatte und schüttelten den Kopf, daß es je herauskomme, und erzählten sich, daß selbst die flachen Gräben am Ausschlägerweg durchsucht und sogar abgelassen worden, und wußten auch von einem alten fremden

Mann, dem einzigen Verwandten, der bei allen Behörden umherlaufe und mit gerungenen Händen flehe, sie möchten ihm seinen Sohn und seiner armen Tochter ihren Bräutigam wiedergeben, und wenn sie das nicht könnten, so wolle er Gott bitten, daß die Türken Hamburg eroberten und an allen vier Ecken anzündeten. Dieser Sagenkreis um den Verschollenen erweiterte sich von Tag zu Tage.

Die Stillste bei all diesen Gesprächen war Gesa. Aber ihre Augen starrten groß und weit offen beim Zuhören, und wenn es an den dunkeln Fleeten vorbeiging, klammerte sie sich an den Arm einer Kameradin. Die wilde Male machte sich einmal den Spaß, in der Dämmerung plötzlich wie eine Katze hinter einer Heckentür hervorzuspringen, um sie zu erschrecken. Dies gelang ihr so gut, daß die Furchtsame fast in Krämpfe verfiel und sich stundenlang mit heftigem Weinen quälte. Ein zweites Mal, als ihr die Elster mit den verschnittenen Flügeln, die frei in der Druckerei umherlaufen durfte, unvermutet krächzend auf den Nacken flog, wiederholte sich dieser Anfall.

Seit dem Tage, da sich Gesa den Splitter in den Fuß getreten hatte, schien sie verändert. Ihre Backen hatten die weiche Rundung, die blumenhafte Frische verloren; die Augen lagen matt und schwarzgeringt in den Höhlen; nur wenn von dem Verschwundenen gesprochen wurde, kam ein ängstlicher Glanz hinein. Die Kameradinnen brachten plumpe und spitzige Neckereien vor, um ihre Niedergeschlagenheit zu erklären. Bald war es die Trauer um den Maschinisten, der ihr so offen den Hof gemacht hatte, während der neue, ein trockener Engländer, sie gar nicht beachtete. Bald sollte es die Sehnsucht nach ihrem Schatz, Heinrich Klefecker sein, der noch immer nicht wiederkam. Er war nun bald vierzehn Tage weg und wußte noch nicht einmal, daß der Maschinenmeister der Druckerei vermißt wurde. Gerade an dem Montag, da der Sachse morgens zuletzt im Geschäft gewesen, war

Klefecker der Erbschaft wegen nach Heide gereist, Schreiben war weder ihre noch seine Sache, doch hatte sie durch einen andern Arbeiter erfahren, daß er dem Fabrikherrn sein Fortbleiben angezeigt und entschuldigt hatte. Sie war nach acht Tagen auch wieder zur Arbeit gegangen, – hätte ihr Mann gewußt, daß er so lange aufgehalten würde, so hätte er kein Versprechen verlangt. Und auch nicht, wenn er gewußt hätte, daß Herr Jäck verschwinden würde, dachte sie, und fühlte dabei eine merkwürdige Ruhe und Sicherheit über sich kommen. Vielleicht wußte ihr Mann doch durch die Zeitung, was hier passiert war. Es wurde ihr aber unbehaglich bei dem Gedanken, daß sie ihn danach fragen solle. Heinrich hatte den Herrn nie leiden können, – er würde sich vielleicht über sein Verschwinden freuen – und sie meinte, das könne sie nicht gut mit ansehen. Der arme feine Herr war ihr so gut gewesen. Er hatte ihr Worte gesagt, wie noch kein Mensch, und wie er sie geküßt hatte! Recht zum Totlachen! Wenn das ihr Mann gewußt hätte! Und so feine Stiefel hatte er getragen und so goldene Hemdknöpfchen, und immer was Frisches im Knopfloch. Ach, die Blumen in seiner Wohnung, die sahen elend aus! Sie hatte oft hinaufkucken müssen, wenn sie vorbeiging, und ihre guten Augen erkannten deutlich, daß alles verwelkt und erfroren war. Nur eine große Kalla stand noch grün und trug sogar eine ihrer seltsamen schlanken weißen Blumen in der verkommenen Gesellschaft. Von dieser Blume träumte ihr. Gesa kniete auf einem Grabe, und eine Stimme sprach heraus: „De Dod löppt öwer min Graf“; und als sie sich in Angst gebadet umsah, kam die weiße Kalla hergeschritten und stellte sich auf den Hügel. Sie hatte aber ein Gesicht, und das war so gräßlich, daß Gesa mit einem rettenden Schrei erwachte. Was für ein Gesicht? Sie versuchte, als sie wach war, es sich noch einmal vorzustellen, aber sowie sie nur einen Schimmer davon erhaschte, hielt sie sich die Augen zu und hätte beinah wieder aufgeschrieen. Vor Male, die sich oft vertraulich an sie drängte, um von dem Verschwundenen zu schwatzen, bezeigte sie eine Furcht, die alle Mädchen in der Fabrik lachen machte.

Böse Träume bei Nacht und eintönige Arbeit bei Tage, – die Zeit ward ihr lang. Und wenn Heinrich zurückkommt, dachte sie, wer weiß, am Ende muß er auch noch auf die Polizei, als Zeuge, wie wir alle, obgleich sein Herr ausgesagt hat, daß er abgereist ist, als der Herr Jäck noch da war, und obgleich alle wissen und bezeugen, daß sie nie ein Wort zusammen gesprochen haben.

Am Freitag der zweiten Woche, es war gegen Feierabend, rief ihr die rote Male vom Fenster her zu, Klefecker sei zurück; sie habe ihn gerade ins Kontor der Fabrik nebenan gehen sehen. Sie schrak zusammen und freute sich dennoch; ihre Hände zitterten, wenn sie die Bogen darreichte, und sie wäre fast mit den Fingern unter die Walzen geraten. Als aber die Arbeit aufhörte, ging sie beinah zögernd die Treppen hinunter und strich ein paarmal an den Häusern hin, ehe sie in die Tür nebenan zu treten wagte. Dort lag das Kontor der chemischen Fabrik; sie kannte die Tür sehr genau und das schmale Milchglasfenster mit der Inschrift „Bureau", durch das sie die Gestalt ihres Mannes wie einen dunklen undeutlichen Schatten erkennen konnte.

Die Tür war angelehnt; sie hörte eben Heinrichs Stimme:

„Ja, Herr, ich kann gleich mitgehen."

Und dann die Stimme des Prinzipals:

„Das ist mir lieb; ich war recht in Verlegenheit; unsre alte Niederlitz ist gerade zur Unzeit krank geworden. Der Besuch ist unaufschiebbar; die Leute gehen nach Samoa, wissen Sie, – schon übermorgen. Meine Frau und die Mädchen sind voraus, – schlimmstenfalls hätte ich zurückbleiben müssen. Aber so ist mir's natürlich lieber. Das ist der Hausschlüssel. Und der hier schließt die kleine Stube neben der Haustür auf. Na, Sie haben ja schon 'mal bei uns eingehütet. Sie finden alles, was Sie brauchen; ich habe das Zimmer für alle Fälle in Ordnung bringen lassen, Licht, Feuerung, alles da. Nur Abendbrot müssen Sie sich mitnehmen; Teekessel, Kaffeekanne ist da – morgen Vormittag gegen elf kommen wir zurück. Guten Abend, Klefecker."

Gesche schlich weg, ehe die beiden heraustraten, denn sie gingen zugleich. Sie hörte das Umdrehen des Schlüssels an der Haustür und die Schritte der Männer, die in entgegengesetzter Richtung von ihr nach der Stadt zugingen. Sie hatte die Hände fest in ihr Tuch gewickelt, aber die Luft blies hindurch, daß ihr die Haut fror, als gehe sie nackt und bloß. Ein paar Tränen waren ihr in die Augen getreten, als sie gehört, daß Heinrich, der so lange fortgewesen war, der ihr noch nicht einmal guten Abend geboten hatte, sich da ohne Widerrede zu einem Einhüterdienst verdingte. Die Tränen standen noch auf den Wangen, und der Wind fuhr eisig darüber hin. Mit gebeugtem Kopf und immer schwererem Schritt ging sie ganz mechanisch, ohne Bewußtsein oder Willen. Plötzlich blieb sie stehen, überlegte und kehrte um. Nun war es, als ob eine innere Macht sie vorwärts treibe; sie eilte schnell und schneller; durch die große Allee, in deren alten Ulmen der Schneesturm heulte, und dann den Glockengießerwall entlang, zwischen den dampfschnaubenden klingelnden Pferdebahnwagen hindurch bis zum Eingang der Ferdinandstraße.

Dort gleich neben dem Zuchthaus war es, dort lag das Haus seines Fabrikherrn. Von dem Gefängnis mit den kleinen blinden Maulwurfsaugen wendete sie schnell die Blicke ab, lief quer über das nasse Pflaster und versuchte, in das kleine Fenster neben der Haustür zu sehen. Das war ja das Einhüterstübchen.

Es lag aber doch zu hoch über dem Trottoir; nur ein Lichtschein war erkennbar und die helle Hinterwand, an der ein schwarzer Schattenriß hinflog. Das mußte er sein.

Sie hob sich auf die Zehe, und der Wind blies ihre Kleider auf, als wolle er sie hineintragen, während eine Flut von Tränen ihr übers Gesicht und in das Halstuch rieselte.

Ein vorübergehender Schutzmann fragte sie, mitleidig spottend: „Sall ick di 'n beten in de Höcht bören, dat du beter in dat Finster kiken kannst, min Deern?“ und streckte schon die kräftigen Arme nach ihr aus, – da besann sie sich, wischte sich die Augen und kehrte langsam um auf dem durchweichten Wege.

Einmal schrie sie auf und sprang bebend seitwärts: sie hatte eine Hand auf ihrer Schulter gefühlt, und als sie sich umsah, gewahrte sie den verschwundenen Maschinenmeister, der regungslos und aschgrau vom Kopf bis zu den Füßen, – nur über die Stirn lief ein roter Streif – zu ihr hinstierte. Entsetzt schlug sie ihr Tuch über die Augen, aber sie konnte es nicht lassen, sie mußte noch einmal hinsehen. Da war es ein Baum, auf den das rote Licht einer Laterne an der Straße fiel; aber ihr bebten die Kniee, wie sie weiterlief, und die grünen, blauen und roten Lichter des Lübecker Bahnhofs tanzten vor ihren Augen.

Manchmal sah sie blitzschnell, wie ein Bild, das an ihr vorübergezogen ward, Heinrich in dem Dielenstübchen sitzen, die langen Glieder viel zu groß für den engen Raum, – und sie wunderte sich, ob er wohl auch soviel an den verschwundenen Maschinenmeister denke. –

Ja, das tat er, aber anders als sie vermutete.

Er hatte dem Prinzipal sein Handkofferchen auf den Venlooer Bahnhof getragen und war dann mit schnellen Schritten nach der Ferdinandstraße gegangen, hatte in dem Dielenstübchen Feuer und die Lampe angezündet und sich nun auf den niedrigen Strohstuhl gesetzt, der unter seiner Last aufstöhnte. Er hatte freilich ein andres Gewicht, als die dürre verschrumpfte Einhüterin Niederlitz, die sonst auf dem Stuhl saß, wenn die Familie verreist war.

Bei jeder Bewegung ächzte und wimmerte der alte Stuhl, als wolle er den Mann abwerfen. Dem ward es endlich zu viel. Er stand auf und setzte sich auf einen Holzstuhl mit steifer Lehne, langte seine sandgraue Mütze her und drehte sie in den Händen, wohl eine halbe Stunde lang. Wenn es seiner Frau, die zu dieser Zeit draußen stand, geglückt wäre, hineinzusehen, sie hätte vielleicht gelächelt statt zu weinen, so schläfrig-unbedenklich sah die Gebärde aus. Zuletzt entfiel ihm die Mütze; sein Kopf senkte sich auf die Brust; er tat ein paar schwere Atemzüge, wie einer, der das Schlafen erst einmal probieren will, und dann immer ruhigere, tiefere, als müsse er sich satt trinken nach langem Dürsten. Die Wärme des kleinen Raumes nach der feuchten Kälte draußen hatte ihn eingeschläfert.

Plötzlich zuckte er zusammen; an der Tür war die Glocke gezogen worden. Er zitterte so, daß der Stuhl, auf den er den Arm gelegt hatte, ins Schwanken geriet und er Mühe hatte, sich auf die Füße zu stellen. Die Glocke ertönte von neuem. Nun ergriff er mit einer Art Heftigkeit die Lampe, riß die Tür auf und fragte mit heiserer Stimme, wer da sei. Es war die Zeitungsfrau mit den „Hamburger Nachrichten". Er öffnete die Tür des Windfanges, und die spitznäsige Neuigkeitsträgerin mit dem zerdrückten schwarzseidenen Hute schaufelte sich auf die Diele.

Sie kuckte hell und neugierig unter dem breiten Hutrande vor, schüttelte ihre triefenden Röcke ohne Rücksicht auf die sauberen Marmorfliesen und lachte wichtig mit ihren beiden Zahnlücken.

„Na, morgen fröh um soß is dat ja nu!"

„Wat is morgen fröh?"

„Denn ward he ja nu afmurkst – Se weten doch, – Timm, de Mörder Timm! I, dat weten Se nich? Herrjes, Mann, wo kamt Se denn her? Hier gliek dichtan, in'n Hoff von't Tugthus! Gerechtigkeit mut sin, sünst kunn ja jeder kamen! Wenn

Se Klock soß opwakt, denn beden Se man ok 'n Vaderunser vor sin arme Seel. He wör 'n hübschen Minschen, grad so rank und slank as Se."

Die Zeitungsfrau ging und schlug beleidigt die Tür hinter sich zu, – der ungeschliffene Mensch hatte sie nur angestarrt, aber kein Wort auf ihre interessante Erzählung erwidert.

Er stand noch auf den Fliesen, sah ins Leere und hielt sich mit der Hand am Türpfosten fest.

Darum also war der Fabrikherr fort mit Frau und Töchtern! Eine Hinrichtung gab es hier! In der stillen vornehmen Ferdinandstraße! Die Nachbarschaft des Todeskandidaten hatte sie vertrieben, und sie hatten ihn, Klefecker, ausgesucht, in der letzten Nacht des Verurteilten das Haus zu hüten.

Dichtan! dicht nebenan. Ja, ja, dort lag das Zuchthaus. Mit einem plötzlichen Impulse riß er die Tür auf, als wolle er hinausspringen, fort von hier, aus dem Hause, gleichviel wohin. Aber die hochaufflackernde Lampe mahnte ihn: „Hierbleiben! Feuer und Licht verwahren; das Haus hüten, wie er versprochen; der Prinzipal hat sich auf ihn verlassen, weil er weiß, daß Klefecker zuverlässig ist." Er schloß langsam die Tür, schützte die Flamme mit der Hand und ging entschlossenen Schrittes in das Stübchen zurück.

Ja, nun kannte er die Geschichte, nun fiel sie ihm ein, die Geschichte des Timm, des Raubmörders. Ein altes reiches Ehepaar hatte er erschlagen und war mit ihrem Geld geflohen. Was ging das ihn an? Er und Geld nehmen? Er sah seine Hände an. Nie einen Pfennig! Sie waren rein. Rein?

Das Echo seiner eigenen Gedanken schreckte ihn, als sei das letzte Wort, von fremdem Mund gesprochen, laut durch das Zimmer gehallt. Er sah sich argwöhnisch nach rechts und links um – war hier noch jemand außer ihm? Dort in der dämmerigen Ecke hinter dem Bett schien sich etwas zu bewegen, huschte etwas auf und ab, dunkel und hell, – was war das? Er schob das Bett zur Mitte des Raumes, zwängte sich an der Wand durch und stand nun neben dem alten bunten Kattunvorhang, der die tiefe Ecke halb verhüllte, aus der ihn ein Menschengesicht ansah. Er fuhr zurück, runzelte die Stirn und streckte die Hand danach. Sie stieß an kaltes Glas, er tat einen tiefen Atemzug – nur ein Spiegel! Aber war denn das sein Gesicht? Dies bläuliche verzerrte Gesicht mit dem gesträubten Haar, den aufgerissenen Augen? Und was für ein Strich war das da, gerade unter dem Kinn, der den Kopf vom Rumpfe trennte? Nein, nein, das war nicht er, das war der Raubmörder, der nebenan im Gefängnis hinter den vergitterten Fenstern auf den Morgen wartete, auf seinen letzten. Wie kam der hierher in das Glas?

Er zog sein blaues Taschentuch hervor und begann an dem Spiegel zu reiben, hastig, immer schneller: er fühlte ihn warm werden unter seinen Fingern, aber das Bild mit dem durchschnittenen Hals verschwand nicht, obgleich es alle seine Bewegungen nachahmte.

Es war doch sein eigenes Gesicht; so würde er aussehen, wenn – –

Er schob schnell den Vorhang über den Spiegel, aber die Schnur, die ihn zusammenhielt, war morsch und zerriß in seiner derben Hand, die staubigen Falten sanken auf den Boden, und nun stand er dahinter in voller Größe, der schreckliche Mensch mit dem durchschnittenen Hals – „grad so rank un slank as Se!" Was half es, daß er nun auch deutlich den Sprung in dem verblichenen Glase sah? Was half es, daß er mit ungeschickter Eile sich bemühte, den Spiegel umzudrehen und gegen die Wand zu lehnen? Das Bild folgte ihm, wie er mit zitternden Gliedern wieder zwischen Bett und Wand hindurchkroch; es stand in seinen Augen, so fest er die Hände dagegen drückte.

Er war jung und stark. Er biß die Zähne aufeinander, nahm die Hände von den Augen und sagte mit fester Stimme:

„Ick bün keen Raubmörder. Wat geiht he mi an!"

Er strich sich die Stirn wie in großer Müdigkeit.

„Villicht het mi dat drömt? Villicht is 't all nicht wohr. Un morgen wak ik op un gah na min Gesche, un se weet vun nix, un he geiht ut de Dör wie alle Dag mit sin verdammten Prückenkopp un sin gläserne Ogen un redt ehr to, se wör noch god nog för mi, wenn –"

Er sprang auf, ballte die Faust und lief mit dröhnenden Schritten auf und nieder. „Nee, nee! dat nich! Denn mut ick em noch mal dotslagen."

Er sah sich nicht um, scheu und schreckhaft wie zuvor, obgleich er das Wort laut gesprochen hatte. Er schien wie befreit von aller Furcht. Er konnte sogar essen und trinken und sich dann in den Stuhl zurücklehnen, um ein bißchen zu schlafen, fest und traumlos wie ein glücklicher Mensch. Wohl lange Stunden.

Glockenschläge weckten ihn, Turmglocken; sie durchdröhnten ihn, als ob ein schwerer Hammer sie ihm auf den Kopf zähle.

Fünf Uhr! fünf Uhr! noch eine Stunde Leben.

Wer denn? Er? Nein, nicht er, – der Raubmörder hinter jener Wand.

„Wat geiht he mi an," flüsterte er mit zuckenden Lippen.

Er fühlte in die Tasche, zog halb bewußtlos einen kleinen Gegenstand hervor und drehte ihn im Licht der sterbenden Lampe. Ein flacher Knopf, braun, ein Faden daran und ein ganz kleiner Fetzen braunen Tuchs. Der Rock war ja auch braun gewesen. Ein unausstehliches, herausforderndes Tabaksbraun, wie es kein andrer Mensch trug. Daran hatte er ihn ja gleich erkannt, als er an dem Unglücksmontag zu ihm in die Fabrik kam und sich nach „dem hübschen Fräulein Gesa" erkundigte. Und die Heuchlerfratze, mit der er ihn zur Rede gestellt: ob er's auch ehrlich mit dem Mädel meine? Und als er ihn angedonnert: „Se is min Fro!", wie ihm da der Hohn frech entgegengelacht hatte! Und da, da war's geschehen, da hatte er ihn an diesem Knopf gepackt und zu Boden gerissen, und der Knopf war in seiner Hand geblieben, er wußte nicht wie, lag nachher in seiner Tasche, er wußte nicht durch welchen Zufall. Der Knopf kannte die ganze Geschichte; er durfte nicht länger da sein. Schnell neues Holz auf das Feuer und Kohlen, Kohlen, daß es lodert und prasselt, ein rechtes Hexenfeuer, und dann den Verräter hinein, ehe er den stummen Mund auftut! Er glühte eine Weile, eine deutliche runde Scheibe; dann flog die beinerne Masse als ein Aschenstäubchen in die Höhe und sank zerstiebend auf die glimmenden Scheite. Der kommt nicht wieder. Aber wie er sich umdrehte, sah ihm das Bett so sonderbar aus, das gerade viereckige Bett. War es nicht ein Tank? So einer wie die, worin man Borax macht? So einer wie der – –

Er mußte hingehen und es befühlen. Richtig, weiche Kissen, die seinem Drucke nachgaben, alles trocken und warm. Und doch, wenn er zurückging, kein Bett, sondern ein Kessel voll Schwefelsäure, und was sonst noch darin ist? – – –

Er stieß einen Schrei aus, der Kessel war zersprungen, in zwei Hälften geborsten, und eine Knochenhand reckte sich nach ihm – ein zerspaltener Schädel glotzte über den Rand – ja das Schürfeisen war ihm so nah zu Händen gewesen!

Die Lampe erlosch; er stand im Finstern inmitten eines gespenstischen Gewimmels. Wieder drei Glockenschläge; es ist dreiviertel auf sechs. Nun wird er schon angekleidet sein, sein letztes Brot essen. Woran er wohl denkt? Ob er wohl betet? Er begann mechanisch das Vaterunser herzusagen, bis er an die Stelle kam: „Und vergib uns unsre Schuld." Da seufzte er tief auf, schüttelte den Kopf und begann von vorn. „Und vergib uns unsre Schuld, wie wir vergeben" – – „Nee, nee, ick kann nich," stöhnte er qualvoll, „Em nich, dat kann uns Herrgott nich verlangen." –

Dann packte er seine Sachen zusammen, alles im Dunkeln, griff nach seiner Mütze und lief zum Hause hinaus, ehe es sechs schlug. Er schob den Schlüssel unter die Haustür hinein und eilte durch den dunklen Wintermorgen vorwärts über die leeren Straßen, dem Hammerbrook zu und dann weiter nach Bullerhude. Eh er sich selber recht besann, stand er in dem Kellerstübchen vor dem Bette, in dem Gesa noch schlief; er sah in der Dämmerung die weiße Schulter schimmern und den nackten Arm, der aus dem Bette hing. Sein Stöhnen dicht über ihrem Ohr erweckte sie.

„Hein, bist du da?" rief sie auffahrend. Ihre Arme griffen nach ihm; sie umfaßte sein fieberheißes knochiges Gesicht und zog es auf das Kissen nieder. Aber er richtete sich wieder auf, ohne sie zu küssen.

„Gesche, ick gah! ick mut weg!"

„Weg vun mi?"

„Ja! ja!"

„Wohen?"

„Ick wet nich!"

„Warum?"

„Ick hew dat dahn, Gesche, ick hew dat dahn!" jammerte er auf, das tränenüberströmte Gesicht in ihren Busen drückend.

„Ach, Hein! ach, Allmächtiger!" Sie ließ ihn nicht los, aber ihre Fingernägel gruben sich tief in ihre weichen Hände. „Wat fangst du an! wat fangst du an!"

„Ick wet nich! nah Cuxhaven, nah Amerika."

„Ach, warum büst du wedder herkamen?"

„Ick wull di noch mal sehn!"

Er umklammerte sie enger und heftiger. „Min Kind! min Gesch! se kriegt mi! ick glöw, Male weet wat, se will Geld vun mi, se het mi 't seggt, as ick gistern t'rügg kamen bin! Ick mut weg, un ick kann nich!"

Sie wischte ihm mit den Händen die Tränen ab und stammelte: „Ick kam nah – wenn ick – wenn ick antrocken bin."

„Ach, Gesch, wohen?"

„Wo du hengeihst."

„Ach, Gesch, du find'st mi nich."

„Ick find di! Hein! Hein! harst du 't doch nich dahn."

„He sleit mi wedder dod, sallst sehn," sagte er dumpf.

An der Tür fragte er noch einmal unsicher: „Un du, Gesch?"

„Ick kam."

„Du kummst mi nah?"

„Ja, Hein."

„Nah Cuxhaven, ja?"

„Ja, Hein, wo du hengeihst."

Er kehrte hastig an ihr Bett zurück.

„Ach, Gesch, dat Geld, ick bün so verbiestert! ick hew't ja all in Heid in twee Bündels makt."

Er zog ein Päckchen aus seiner Brusttasche. „Wies dat keinen! 't sünd verhunnert Mark – vun de Erbschaft" –

„Ja, aber nu gah! gah weg!" Sie drängte ihn von sich, „ick – ick – weet nich, wo ick bün" – sie verbarg ihr heißes Aufweinen in die Kissen. –

Wohin nun? hinweg, weit! weit! Auf ein Schiff und hinaus!

Es war noch immer halbdunkel auf den Straßen, und er kam leicht vorwärts, obgleich er den geraden Weg, der ihn an den zwei Nachbarfabriken vorbeigeführt hätte, ohne festen Vorsatz vermied. Seine Beine gingen wie von selbst den Weg zu den Quais, zum Hafen. In der Hand trug er die Tasche mit seinen Habseligkeiten, auf der Brust die Hälfte des ererbten Geldes. Am Venlooer Bahnhof bog er ein; es fuhr ihm durch den Kopf, gleich hier den Zug zu besteigen, und nicht eher wieder zu verlassen, als bis er in Cuxhaven sei. Es mußte gerade Zeit sein, hatte eben sieben geschlagen; Fußgänger und Wagen eilten der Halle zu.

„Woll'n Sie noch mit?" fragte ein rasch vorüberschreitender Reisender, der ihn mit scharfen Blicken überstreifte.

Klefecker schüttelte unwillkürlich den Kopf; nein, nein, er wollte nicht; der Gedanke an die vielen Menschen, die ihn alle so ansehen konnten, wie der Hafenoffiziant eben, erregte ihm Angst. „Straße zur Elbbrücke und nach Harburg," las er und bog ohne Besinnen in den menschenleeren Weg ein.

Hier endlich war es einsam, wenn auch nicht still. Der Nordweststurm, der schon seit Tagen gewütet, empfing ihn mit gellendem Pfeifen und Brausen hier auf dem schmalen niedrigen Elbwärder, wo nichts seine Gewalt abschwächte. Er war zuweilen hier gegangen, in Sommer- und Herbsttagen, wenn der Wind schwer ist von dem Duft des fetten Grases, den er oft meilenweit stromabwärts trägt, und so dem seemüden Reisenden das vertraute Bild der grünen Triften und der behäbigen, wiegend hinwandelnden Marschkühe vor die Augen zaubert. Das war „vorher" gewesen, alles „vorher". Jetzt schien es, als habe er sich auf diesem Wege in die Gewalt von tausend Teufeln begeben, die ihm den Hut herunterrissen, ihm seine Haare ins Gesicht schlugen, die ihm die Haut mit scharfen Nägeln zerkratzten und ihm die Augen mit blendendem Eisstaub, die Ohren mit zischendem Geheul füllten. – Aber unter diesen wilden Angriffen fand er seine Jugend und Stärke wieder. Er trat fest auf wie früher, ehe die Angst über ihn gekommen war, nahm den Hut in die Hand, der auf dem Kopf nicht halten wollte, machte sich steif in den Knien und kämpfte sich Schritt für Schritt weiter, bis an die Elbbrücke, die ihm von Ferne her, umdonnert von den rasenden Wellen, umtanzt von den schreienden Sturmgespenstern, den weißen, spitzflügeligen Möwen, mit sonderbarer Gelassenheit nur leise zu schwanken schien. Als er sie betrat, war es freilich, als setze er den Fuß auf ein vom Sturm mißhandeltes, in allen Segeln zischendes, im Tauwerk ächzendes, in den Planken knarrendes Schiff. Die Betäubung des Schwindels kam über ihn, und der seltsame Rhythmus des Sturmes, dies stoßweise Atmen, dieser bald schnellere, bald langsamere Takt regierte seinen Herzschlag wie eine Uhr. Der grelle kurze Schrei der Lokomotive dicht neben ihm zerriß den Nebel, der sich um sein Hirn legte; – nur durch das Gitter geschieden, jagte das rotäugige funkenwerfende Ungetüm mit den schwarzen Fittigen an ihm vorbei, wie besiegt und auf der Flucht vor den empörten Wassern.

Der einsame Flüchtling zitterte, als er hinter einem der gewaltigen Brückenpfeiler wieder hervortrat; die Klarheit brachte ihm alles zurück; das Grauen der Nacht, die Furcht vor den fremden Gesichtern, von denen jedes einem Feinde gehören konnte. Seine Schuld hing auf ihm wie ein schwerer Sack voll widerlichen Unrats, und er war sonst ein reinlicher Mensch gewesen, so weit es anging. Er sehnte sich, ja, er hoffte noch, einen Ort zu finden, wo er die scheußliche Bürde abwerfen könne. „Wo mi keiner kennt! Wo mi keiner kennt!“ – Wenn er nur erst in Harburg wäre.

Auf Wilhelmsburg begegneten ihm Arbeiter, darunter ein junger Bursche und ein Mädchen. Er hatte sie im Arm: der Wind blies sie hin und her, und beide lachten hell hinaus. Klefecker drehte den Kopf nach ihnen und sah ihnen nach. Wie hatte Gesche lachen können! Aber jetzt? – jetzt geht das doch nicht mehr – wenn ihr Mann – Eine Ahnung davon, daß etwas für immer vorbei sei, auch wenn er glücklich dorthin komme, „wo ihn keiner kennt“, machte seine Augen dunkel.

Auf der zweiten Brücke, dicht vor Harburg, überkam ihn wieder Schwindel und Erschöpfung. Das Surren und Klirren der großen Eisschollen, die der Sturm zu selbstvernichtendem Kampfe aufeinanderhetzte, mischte sich mit dem Brausen des Blutes, das ihm heiß zu Kopfe stieg. Seine Füße gingen nicht mehr; die Tasche fiel ihm aus den Händen, und das Blitzen und Flimmern des Wassers zwischen dem schwankenden Eisengeländer der Brücke hindurch verursachte ihm Schmerz. Er hockte mit geschlossenen Augen neben einem Pfeiler nieder. Aber wie ein Schlafender, der unruhig wird, sobald man ihm ins Gesicht sieht, sprang er gleich wieder auf unter ein paar musternden Blicken. Es war derselbe Offiziant, der ihn auf dem Venlooer Bahnhof gefragt hatte, ob er nach Harburg wolle. Jetzt sagte er nichts, aber er schien neugierig zu fragen, warum der Mensch da wohl den ganzen Weg zu Fuß gemacht habe, statt mit ein paar Pfennigen stundenlanges Marschieren bei dem Wetter sich zu ersparen? Als der Wanderer nun wieder freier ausschritt, folgte er ihm erst mit den Augen und ging dann langsam auch in die Stadt, hinter ihm her.

Er sah ihn in einen Bäckerladen treten und beobachtete im gemächlichen Vorüberschlendern durch die Scheibe noch einmal das hagere, verstörte, scheue Gesicht, als ob er es sich recht einprägen wolle.

Klefecker stand wie ein Stock vor der Tonbank unter den Frauen und Dienstmädchen, die von zerbrochenen Scheiben, heruntergestürzten Ziegeln, zerschlagenen Bäumen und verwehter Wäsche schwatzten. Weiter drunten, Cuxhaven zu, sollte es noch viel ärger sein.

Als er endlich an die Reihe kam, sein Brot zu verlangen, rief plötzlich eine helle Stimme aus dem gesprächigen Haufen: Herrjes, „Klefecker wo kamen Se denn her?"

Es war, als habe ihn jemand auf den Kopf geschlagen. Erst als er bemerkte, daß niemand erschrak, niemand größere Notiz von ihm nahm als bisher, und daß die Bäckerfrau ihm das Feinbrot ruhig über den Ladentisch darreichte, gewann er es über sich, nach der Seite zu blicken, von der er angerufen worden. Es war eine große magere Frau mit scharfen Zügen, sehr sauber trotz des nassen Wetters, die sich da zu ihm drängte. Ein kleiner derber Junge hing an ihrer Schürze.

„Na, kennen Sie mich nich mehr?" sagte sie etwas schnippisch, denn er hatte sie in dem Schrecken ohne Gruß angestarrt. „Kommen Sie man mit, Klefecker, hier is das ja so voll."

Sie zog ihn mit auf die Straße, und weil es dort zu windig war, „um das Stehen zu behalten", wie sie sich ausdrückte, so nötigte sie ihn in einen engen, schmalen Torweg, um ihr Gespräch mit ihm fortzusetzen, zu dem er ihr „wie gerufen" kam.

„Ja, sagen Sie Gesche man, – was macht denn Gesche? – wir wären seit 'n Sonnabend hier nach Harburg gezogen, – August, was mein Mann is, hat hier bessern Verdienst als in Elsfleth, hat er, un ich bün auch lieber hier, das is hier doch nich so still. Tanzt Gesche noch immer so viel? Das sollten Sie man nich leiden, ich bün auch man so blaß von das ewige Tanzen. Gott, na, wenn man jung is, nich? Aber nu hab ich ja 'n Block an'n Bein, nee, drei, vier Blöcke, erst August, was mein Mann is, und denn die Gören!" Sie lachte und drückte den Kleinen an ihre Schürze. „Das is uns Ältester, 'n fixen Jung, man 'n büschen wild. Nich Guschen?" Der Junge grinste unternehmend zwischen ihren Rockfalten hervor und schlug sich auf die Stiefel. „Ja, er hat all Krempers," sagte die Frau, „und jeden Abend sünd sie naß. Ich muß immer einen auf den Kammerbesenstiel und den annern auf den Leuwagenstiel stecken, daß sie man wieder trocknen. So 'n Ramenter is das! Er hat auch all 'n Scheibe eingeworfen bei die Nachbarn, mit 'n Schneeball, und eben is der Gläser dagewesen und hat ein wieder eingesetzt." Sie drohte dem Jungen und putzte ihm die widerstrebende rote Nase. Dann flüsterte sie: „Aber er bringt mir jeden Pfennig, den er schenkt kriegt, und das tun nicht alle Kinder in unse Klasse! die haben ja all manchmal Kniffe in 'n Kopf und denken: willst dir da Boltjes oder Stickbeeren für kaufen. Nee, das tut er nich, keinen Pfennig. Und er weiß auch all, daß fünf Pfennig mehr is als ein Pfennig und zwei Pfennig, und er is doch man noch klein, un sein Verstand is auch man noch klein; er is ja man erst fünf! Aber er is so 'n kleinen Dicken, nich?" Sie drückte ihn tüchtig, aber er verzog keine Miene. „So 'n kleinen dicken Kopf und so'n kleine dicke Schultern so 'n Stämmigen is das, nich?"

Klefecker hatte bis dahin kein Wort zu erwidern brauchen, aber die Ungeduld lag ihm doch deutlich auf dem Gesicht, selbst für die unbefangene redelustige Frau.

„Geh hin, Guschen, gib Onkel Hein die Hand, die rechte, weißt woll, die beste" – sie lächelte erwartungsvoll und stolz über das ganze spitze blasse Gesicht und schob den Jungen vorwärts, riß ihn aber ebenso schnell zurück: „Wo hest all wedder rumklei't? hest wedder in Rönnsteen speelt? Du ol asige Jung!" Sie gab ihm einen Klaps auf die schmutzigen Fäustchen. – „So 'n Hand kannst Onkel nich bieten, die 's ja nich rein!"

Der Kleine hatte sein verdutztes Gesicht schnell hinter ihren Rockfalten verborgen; der unglückliche Mann hatte ebenfalls seine Hand zurückgezogen, seine, ach, ganz anders, unreine Hand.

Er sah so traurig aus in diesem Augenblicke; sein Gemurmel, daß er gehen müsse, keine Zeit weiter habe, klang so sonderbar, daß die schnelle Frau ihn mit plötzlichem Erschrecken am Ärmel faßte: „Wo wölt Se denn egentlich hen? Se hewt doch nix hat? Mit min Swester? Mit Gesch? Se wölt doch nich utknipen? Nah Amerika utknipen un min Swester sitten laten?" Ihre Stimme wurde immer lauter und kläglicher, ihre Augen immer glänzender und forschender.

„Nee, nee, nee!" sagte er, heftig den Kopf schüttelnd, aber er war ungeübt im Lügen: auf seinen mageren Backen brannte es rot. „Ick hew Geschäften, ick mut wider mit de Isenbahn."

„So – phie –! kummst du noch nich mit dat Swatt – brot?" schrie es über die Straße.

Die Frau horchte auf; – „Min Mann lurt all op mi, he steiht vor Dör, – kieken Se, dor gans ünnen, – wi hewt ok 'n lütten Goren un 'n Kaninchenstall – min Guschen het alln's t'recht makt, – wenn Se blot 'n Ogenblick mit rinkamen wullen, – min twete Jung is nu dree worden, dree Johr – Ludje, weeten Se."

„Adjüs," sagte der Flüchtling fast heftig und wollte ihr den Rücken drehen.

„O, ick gah densülbigen Weg," erwiderte sie beleidigt, aber ohne abzulassen, „hier geht's nach 'n Bahnhof. Wenn Sie wirklich nach 'n Bahnhof wollen?" Sie sah ihn mißtrauisch an, schlug aber plötzlich in einen herzlichen Ton um: „Hein, wenn Se mal wat mit Gesche hewt, – se is nich slecht, se is blot dumm un görig, aber se holt wat von di, min Jung, dat weet ick, denn worum harr se di nahmen? Vun wegen din Hübschheit doch woll nich" – sie kuckte sehr offenherzig an ihm auf und nieder, – „wegen Geld ok nich, denn du hest ja nix, wegen din Geschäft – na, min het 'n beter Geschäft, as Schoster! Da hew ick em doch to Hus un ünner min Opsicht, un dat is god for 'n Mann, he mut ünner Opsicht sin! Jede Mann!" – Sie klopfte ihm auf die Schulter: „Gah to Hus un verdreeg di mit Gesch, un kumm mal op 'n Sünndagnahmiddag, wir sind immer zu Haus, denn sollst auch mein Deern sehn, was mein Kleinste is."

Sie war endlich fort, – Klefecker hatte darauf bestanden, in eine Querstraße einzubiegen. Aber er wagte nicht, sich umzusehen, aus Furcht, sie käme zurück. Ein stechender, zehrender Schmerz, den er im ganzen Körper fühlte, obwohl er keinen festen Sitz hatte, gesellte sich zu der Angst vor Verfolgung. Die unheimliche schmutzige Bürde, die er trug, ward schwerer mit jedem Schritte.

„Weg! weg! wo mi Keiner kennt," dachte er wieder; aber dann sah er Gesa, die den Weg zu ihm suchte, und seine Füße bogen sich, umzukehren und ihr entgegenzugehen.

Nun stand er doch am Bahnhof, löste ein Billett vierter Klasse nach Cuxhaven und aß in der kalten fensterklirrenden Halle sein trocknes Brot; dann war es Zeit zum Einsteigen. In der stummen Gesellschaft von drei rauchenden Bauern, und in der lauten Gesellschaft des immer höher steigenden Sturmes und der immer näher heranbrüllenden See vergingen die Stunden wie ein dumpfer Traum. Es war drei Uhr, als der Schaffner; „Cuxhaven, alles aussteigen," in die Wagen hineinrief. Der Zug hielt am Hafen, und der Wind war so stark, daß er das bloße Verlassen der Wagen zu einer Kraftanstrengung für die Reisenden machte. Über Nacht war es noch ärger gewesen, – Ziegelscherben und zerbrochene Äste lagen auf dem Pflaster, und Sand und Seegras war an den Treppen und in den Winkeln zusammengewirbelt und aufgehäuft worden, um jeden Augenblick von neuem zerwühlt und in die Luft gestreut zu werden. Der Schornstein einer großen Fabrik war gegen Morgen heruntergestürzt und hatte fertige und halbfertige Kähne der anstoßenden Werft zerschlagen. Die Straße dort war gesperrt, und große Teile des Schlots lagen noch am Boden, während andre weggeräumt wurden. Klefecker sah zum ersten Male den öden Strand, den die wilde Nordsee bespült. Der Hafen erschien ihm klein gegen den in Hamburg, aber in den weißgeflügelten Segelschiffen zuckte der Sturm ganz anders und schien sie mit selbständigem Leben zu erfüllen, als wollten sie mit ihm in die Weite flattern. Und nun erst links hinaus, am Fuß des vogelumkreischten, knarrenden, bebenden Leuchtturms! War denn das Wasser? diese schwarzen undurchsichtigen Berge und Täler, die aufstiegen, als wollten sie das Land verschlucken und den Himmel einstoßen? Und nun ward ein Tal, wo eben ein Berg war, und nun ward das Tal wieder zum Berge. Es war schwer, darauf hinzusehen und das Gleichgewicht zu behalten; es war schwer, sich zu erinnern, daß der Boden fest stand. Hinter Vorsprüngen der Mauern und in den Türen standen die Leute aus der Stadt und klammerten sich fest mit einer Hand, um mit schwindelnden Augen durch das Glas hinauszusehen. Alle Stimmen waren verschlungen von der einen übergewaltigen; alle Blicke hatten ein Ziel, alle Seelen ein Interesse; auf allen Gesichtern lag die Nähe eines furchtbar lebendigen Ungeheuers, das nach Fraß brüllt. – Noch schwärzer als die dunklen Wellen stand das Bollwerk der „Alten Liebe" da, wie das rostige Geripp eines Walfisches. Der Himmel wechselte wie das Meer; bald war er lichter, bald dunkler und voll jenes trüben gelben Rauches, den der nordische Meergott aus seiner Pfeife qualmt. Manchmal zerriß ein Kanonenschlag die Sturmorgelklänge, oder das Nebelhorn heulte seine ängstliche Warnung über die Wellen.

Der Flüchtling mußte sich an den Hausmauern zurückfühlen in die Straßen; Mädchen und Frauen gingen truppweise, um nicht über den Haufen geblasen zu werden, und warfen furchtsame Blicke nach den Dächern. Als ihn der Sturm mit einem Matrosen zufällig in eine Ecke zusammentrieb, faßte er sich ein Herz zu der Frage, ob heut ein Schiff auslaufe. Ja, aber nur eins, ein Kohlenschiff nach Hull; der Kapitän sei gerade in die Wirtschaft dort gegangen, den solle er nur fragen.

Klefeckers Gemüt flog auf wie ein Vogel. Er trat in das bezeichnete Speisehaus, das in diesem Augenblicke nur einen einzigen Gast beherbergte. Der Kapitän, ein untersetzter, fremd aussehender Mann, saß vor einer dampfenden Kohlschüssel und schob von Zeit zu Zeit seinen mächtigen schwarzen Bart beiseite, damit er ihm nicht den Teller abfege. Klefecker fühlte plötzlich Hunger; er bestellte sich etwas Warmes und brachte dann sein Anliegen vor.

Ja, der Kapitän konnte einen Passagier aufnehmen, zwei nicht so gut, aber es würde vielleicht auch gehen. Er hatte schon gestern nacht fort wollen, war aber des Wetters wegen immer noch hier; nun mußte man heute abend sehen ... eine feste Zeit konnte nicht ausgemacht werden, wenn es so beiblieb.

Das war wenig für einen, unter dem der Boden brennt.

Die Wirtin brachte ihm seinen Kohl mit Hammelfleisch, wie er's bestellt hatte. Es roch appetitlich, aber die Speisen würgten ihn. Der Kapitän stand auf und schob ihm beim Hinausgehen die Zeitungen zu. Gleich der erste Blick fiel auf eine großgedruckte Anzeige, die eine halbe Seite einnahm:

„Zweitausend Mark Belohnung demjenigen, welcher mir über den Verbleib meines, seit dem 28. Februar d. J. verschwundenen Neffen, des Maschinisten Leopold Jäck, irgendwelche zuverlässige Nachricht mitzuteilen hat.

Kaspar Dogel, Rentier.

Pirna in Sachsen."

Es flimmerte und flammte ihm vor den Augen; sein Gesicht wurde kalt. Da hörte er auf einmal hinter sich eine laute Stimme dieselbe Anzeige herunterlesen. Hätte er nur den Kopf nicht gedreht. Aber es war, als reiße ihm einer das Gesicht herum, und seine Augen trafen in die des Hafenoffizianten, der das Blatt in der Hand hielt und eben der Wirtin die Bekanntmachung vorgelesen hatte. Er schlug mit der flachen Hand auf die Zeitung: „Ja, der wird noch immer gesucht."

„Er hat woll die Kasse mitgenommen, daß sie so achter ihm her sünd," sagte die Wirtin schläfrig.

„Nee, dat is nich wohr," rief eine hastige, heisere Stimme, die jäh abbrach. Wer hatte ihn gefragt? Glühend rot beugte sich Klefecker auf sein kaltgewordenes Essen; er rührte darin und konnte doch nichts schlucken; der Offiziant war horchend näher getreten.

„So, Sie kennen ihn persönlich?" fragte er obenhin, aber mit den Augen schien er viel mehr zu sagen.

„Wen?"

„Den Verschwundenen, den Jäck?"

„Nee, den kenn ick nich;" der Ton war ziemlich gefaßt, aber die Stimme zitterte etwas.

Der Offiziant nahm einen Stuhl ihm gegenüber und blickte ihm unverwandt ins Gesicht.

„Aber Sie behaupteten doch eben" –

„Ick hew blot seggt, wat ick lest hew," – es ging schon leichter von der Zunge.

„Sie wollen woll nach drüben?" warf der Polizist so hin.

„Ja, ick denk so."

„Von Hamburg ist da bessere Gelegenheit zu," fuhr der Frager fort und zog die dicken Handschuhe aus, um das Glas Grog bequemer anfassen zu können, das vor ihm dampfte. „Sie haben sich da einen großen Umweg gemacht." Der rötliche steife Schnurrbart zuckte unmerklich, so daß die kurzen Spitzen schräg standen. Die roten Streifen über den Augenbrauen waren nicht da, zogen sich spähend zusammen, sogar die großen Ohrmuscheln reckten sich etwas, um die Antwort zu hören.

Aber es kam keine. Der Flüchtling schwieg im Gefühl seiner gänzlichen Hilflosigkeit, er maß die Entfernung bis zur Tür wie ein gefangenes Wild und fühlte in die Tasche nach seinem Messer.

Der Offiziant lehnte sich gemächlich zurück.

„Ihre Papiere sind jedenfalls in Ordnung? Wenn man auf solch eine Reise geht –"

Klefecker ließ das Messer fahren und griff nach der Reisetasche; es war freilich alles da; er hatte bei der Erbschaftssache genug Laufereien deshalb getan. Nur sein Arbeitsbuch war in der Fabrik zurückgeblieben.

Der andre sah diese Bereitwilligkeit mit einer Enttäuschung, die er kaum verbarg.

„Lassen Sie nur; wir haben ja noch Zeit bis zur Abfahrt; Kapitän Hammer kommt heut noch nicht hinaus," sagte er abwinkend; „na und Sie haben wohl auch keine Eile?" Das erwartete Zusammenschrecken war nicht ausgeblieben. Der Offiziant sah fast dankbar aus. „Am Ende haben Sie doch Eile hier fortzukommen?" sagte er wohlwollend.

Klefecker sprang auf, nahm seine Sachen zusammen und ging an den Schenktisch, um zu bezahlen. Er hätte sich mit dem Messer auf den Polizisten stürzen müssen, wäre er noch eine Minute länger hier geblieben. Und sollte denn alles entdeckt, sollte er denn gefangen sein, nur nicht von dem, nur von dem nicht, brannte es in ihm.

Auch der Quäler war aufgestanden.

„Wenn Sie schon gehen, möchte ich allerdings um Ihre Papiere bitten," sagte er, lächelnd über seine eigne Höflichkeit.

Da wurde heftig die Tür aufgerissen. Ein halbwüchsiger Bursche stürmte herein. Mutter, 'n Boot draußen vor der Alten Liebe; es kann alle Augenblick in Stücke gehn!"

Er ließ die Tür hinter sich offen und rannte hinaus, – der Offiziant warf einen kurzen sicheren Blick auf Klefecker, dann lief auch er fort; – Klefecker folgte; die Wirtin riß eine Wachstuchdecke von einem Tische, wickelte sich hinein und watschelte den Männern nach. Die Leute liefen alle nach einer Richtung, dem Leuchtturm zu. Die Lampen brannten schon, aber ihr stilles rotes Licht schwamm nur in zersprengten ohnmächtigen Funken auf den rollenden Bergen und Tälern. Der Sturm hatte etwas nachgelassen, so daß man zur Not stehen konnte, doch war das Meer noch immer so laut, daß man einander nicht hörte.

Sie standen in Reihen und Gruppen, hoben die Arme auf und suchten einander zuzuschreien, ohne Erfolg; aber die verstörten Gesichter der alten Männer, die angstvollen Mienen der Frauen, und die Kinder, die weinten und schrien über den Tumult, den sie nicht begriffen, sprachen verständlich genug.

Klefecker drängte sich in einen dichten Haufen; Kapitän Hammer stand auch darin. Er reichte ihm das Glas und führte seine Hand nach der Richtung.

Ja, da sah er es, gar nicht fern; wie ein weißes Papierblatt, bald hinauf-, bald herabgeschleudert, tanzte das Boot, die Segel hoch, auf das alte Bollwerk los, – was hatte es nur dort verloren? Warum waren die Segel nicht eingezogen?

„Dat mut Jan Stubbe sin," hörte er einen dem andern ins Ohr schreien.

„Ja, dat is he!"

„Wenn dat man god geiht!"

„Dat geiht min Dag nich god."

Ein lauter Schrei gellte vom Strande auf. Die wild am Bord hin- und herspringende Gestalt hatte nun endlich das Segel halb gerefft, da entriß es der Sturm den erschlafften oder unkundigen Händen, griff in die losgebundene Leinwand und drehte das Boot in rasendem Wirbel um sich selbst.

„He is wedder duhn!" rief es.

„He is dat nich, dat is blot sin Jung; Jan is ja 'n grooten schieren Kerl, is Jan."

„Ick segg di, he is vull."

„Und ick segg di, Jan Stubbe is gor nich an Bord, segg ick di."

Ein neuer Schrei unterbrach den Streit; die Segelstange war zersplittert; das Segel hing halb im Wasser, das Drehen des Bootes hörte auf; es neigte sich auf die Seite.

Ein Mann neben Klefecker rief:

„Wie möt em rinhalen, Jungens; wer will mit?"

„He is duhn!" rief es dagegen.

„'t is ja blot de Jung!" schrie ein Dritter.

Der alte Fischer, der zuerst gerufen hatte, begann wieder: „Un wenn 't ok Jan Stubbe sülwst is, sall de Mann vor unse Ogen versupen?"

Das trockene braune Gesicht des Sprechers blickte ernsthaft und vertrauensvoll von einem zum andern.

„Sünd Ji nich ok all mal duhn west? Wer kann hier seggen: ick nich?" –

Die hellen mutigen Augen trafen Klefecker, die dringliche mahnende Stimme fuhr ihm durchs Herz. Da war es ihm, als höbe sich der furchtbare Sack von seiner Schulter. Es ging wie ein Zurechtrücken durch seinen Körper. Er warf die Tasche, die er noch immer trug, dem Nächststehenden zu.

„Ick!" schrie er überlaut.

Weiter nichts, aber sie verstanden es alle. Im Handumdrehen waren sie vollzählig, vier Mann, lauter Fischer, wie der erste, starke Männer mit gefaßten Gesichtern. Wie er als fünfter mit ihnen die Landungsbrücke entlang lief, ins Boot sprang, sein Ruder ergriff und mit ganzer Armkraft in das Wasser stieß, das zäh wie Blei sich ihm entgegenstemmte, ging ein Schein über sein Gesicht, als lebe er von neuem auf.

„Man irrt sich doch manchmal," sagte der Hafenoffiziant zu der Wirtin, „ich hatte gedacht – – und nun sehen Sie, wie der Kerl zieht."

Es war ein saures Stück Arbeit, dies Kämpfen gegen Strom und Sturm in dem schwachen Boot. Mit schmerzenden Armen und triefenden Gesichtern, wortlos, die Augen hinausgerichtet, dem bedrängten, jetzt vor ihnen verdeckten Fischerboote zu, pflügten sich die Ruderer vorwärts. Die genaue Kenntnis des Wassers leitete sie. Und mitten in diesem Kampf, in dieser Anspannung aller Kräfte erblickte der Flüchtende plötzlich wie in einem Rahmen eine Gestalt, die auf ihn zugeschritten kam. Fern war sie, ganz fern; dennoch erkannte er das blonde Haar und die kleinen Schritte und sah ihre Röcke flattern im Sturm. Sie ging langsam, immer langsamer, einen öden Weg. Ihre tränenroten Augen hefteten sich in seine, nicht vorwurfsvoll, aber so hilflos, so verzweifelt. Er konnte den Blick nicht ertragen, er hob das Ruder zur Abwehr. Die Gestalt zerrann, als ein Schrei, messerscharf, den Lärm des Sturmes durchschnitt. Das Boot war erreicht, sie waren zur Stelle. Es füllte sich zusehends mit Wasser, an der zweiten Segelstange hing der halbtote Junge und schrie. Keine Möglichkeit, ihn dort weg zu bringen, durch Zeichen oder Zurufe; er mußte geholt werden. Sie brachten ihre Jolle endlich Seite an Seite mit dem andern Boot. Der alte Fischer stieg hinüber, riß die verkrampften Hände los und hielt den Knaben an sich. Klefecker ließ den Bord des andern Schiffes fahren, an dem er sich aufgerichtet hatte und stand mit gespreizten Beinen, ohne Wank, wie wütend ihm auch das zerrissene Segel ins Gesicht peitschte, bis er den Geretteten aufgefangen und auf den Boden niedergelegt hatte. Einer der Fischer mit einem großen Schiffsmesser wollte über ihn hinwegsteigen, – Klefecker verstand seine Absicht, nahm ihm das Messer aus der Hand und bedeutete, daß er selbst hinüberklettern und die zweite Segelstange kappen wolle; das Fahrzeug war dann vielleicht noch zu retten. Auch der Alte war noch droben. Mit aller Wucht stieß Klefecker das Messer ein und sprang dann rückwärts. Aber die stürzende Stange mit der herumfahrenden Leinwand hatte ihn dennoch erreicht. Sie riß ihn über Bord und weit hinaus. Der Alte warf ihm auf der Stelle ein Seil nach. Er tauchte in einiger Entfernung wieder auf, die Hände um den Segelschaft gefaltet; das Tau glitt darüber hin und her; er griff nicht danach. Sie riefen und schrien. Er löste die eine Hand und zeigte auf sein blutüberströmtes, aber fast fröhliches Gesicht. Dann ließ er auch die andre Hand los und versank in die Tiefe, die ihm die grause Last von den Schultern gewaschen hatte.

Zeitfracht Medien GmbH
Ferdinand-Jühlke-Straße 7
99095 Erfurt, Deutschland
produktsicherheit@kolibri360.de

Druck:
CPI Druckdienstleistungen GmbH
im Auftrag der
Zeitfracht Medien GmbH
Ein Unternehmen der Zeitfracht - Gruppe
Ferdinand-Jühlke-Str. 7
99095 Erfurt